# Die kalligraphische Sprache von Anton Hanak

Hochschule für angewandte Kunst in Wien
im Heiligenkreuzerhof
Wien 1, Schönlaterngasse 5

13. Jänner bis 4. Februar 1995
Montag bis Freitag 11 bis 18 Uhr
Samstag 10 bis 13 Uhr

# ZUM 120. GEBURTSTAG VON ANTON HANAK

## Seine kalligraphische Sprache

Die Neigung des Künstlers zur Selbstdarstellung und die Selbstüberschätzung seiner Person münden in Verkrampfung und zwanghaften Äußerungen, die zu sprachlichen Einschränkungen führen.
Im Fall von Hanak hat das Geniedenken eine vordergründige äußerliche Veroberflächlichung erfahren, denn er zwingt sich etwas auf, das nur in Ansätzen sichtbar wird. Ist doch seine künstlerische Sprache von Abhängigkeiten geprägt, die das klassische Prinzip in den Vordergrund stellen. Diese Sprache wird laufend gestört durch expressive Verlangen, die sich ab der Jahrhundertwende definieren, sodaß er dauernd verfolgt wird von zwei Extremen, die er nicht in seine Entscheidungsgewalt hineinbringen kann.

Seine kalligraphischen oder geschriebenen Psychologismen ergeben einen konkreten Darstellungsvorgang, der die Zwiespältigkeit seiner Persönlichkeit klar ausdrückt. Seine Zwanghaftigkeit und bewußte Künstlichkeit, die Motorik, eine Art Wiederholungszwang ergeben ein Gesamtbild, das fast beklemmend wirkt. Es zeigt ein Persönlichkeitsbild in einem Ausmaß, welches alles ausdrückt, von Leid, innerem Kampf bis hin zur Selbstentäußerung.

Oswald Oberhuber
Rektor der Hochschule für angewandte Kunst in Wien
Dezember 1994

# AUTOGRAPHEN IM HOCHSCHULARCHIV

Das Archiv der Hochschule für angewandte Kunst in Wien hat seit seiner personellen Besetzung 1981 durch zahlreiche Ausstellungen und Publikationen der Hochschule sowie immer häufiger werdende Überlassung von Leihgaben an andere Aussteller im In- und Ausland die Möglichkeit gehabt, seine permanent anwachsende Studiensammlung in der Öffentlichkeit einzusetzen. Dem Auftrag gemäß, die Geschichte der Hochschule anhand von Originalwerken zu dokumentieren, umfaßt die Sammlung Werke von Lehrenden und ehemals Studierenden des Hauses ab Gründung (als k. k. Kunstgewerbeschule) 1867. Dem Lehrangebot entsprechend wird versucht, die gesamte Spannweite von der Architektur über bildende Kunst, Design und plastische Gestaltung, visuelle Kommunikation bis hin zur Kunstpädagogik mit repräsentativen Objekten abzudecken und zu demonstrieren.

Selbstverständlich finden sich im Archiv die zu erwartenden Archivalien (Statuten, Personalakten, Klassenkataloge etc.), die von Forschenden aus aller Welt – großteils bereits aus der Datenbank – abgefragt werden. Diese Daten zu einzelnen Künstlerpersönlichkeiten bzw. Werken können durch eine Sammlung von Quellenmaterial weitgehend ergänzt werden. Gerade auf den Ausbau dieses Quellen-Bereiches wurde nun in den letzten Jahren besonderes Gewicht gelegt. Speziell hervorzuheben sei hier der Ankauf des umfangreichen Oskar-Kokoschka-Archivs aus der Sammlung Bethusy. Dies wurde ermöglicht durch eine Sonderdotation aus Anlaß des 100. Geburtstages von Oskar Kokoschka im Jahre 1986, dem die Hochschule eine ganze Reihe von Projekten zur Feier des Jubiläums gewidmet hat. Es ist erfreulich festzustellen, daß das Archiv derzeit im Begriff ist, diesen Kokoschka Bestand durch einen weiteren Ankauf zu komplettieren und damit zu einer O. K.-Forschungsstätte von internationalem Rang auszubauen. Die Erwerbung eines umfassenden Konvoluts an Briefen, Fotos und Dokumenten – derselben Provenienz – von Anton Kolig und seinem Kreis belegen Leben und Werk dieses bedeutenden österreichischen Künstlers, der als Kollege Kokoschkas an der Kunstgewerbeschule studiert hat. Diese Sammlung ist derzeit in Bearbeitung und dient als Grundlage für ein Forschungprojekt, dessen Ergebnis in absehbarer Zeit publiziert werden soll.

Da das Archiv von Beginn an bemüht war, handschriftliche Zeugnisse von Künstlern zu beschaffen, verfügt es bereits über zahlreiche Briefe von und an Josef Hoffmann, Albert Paris Gütersloh, Josef Frank, Rudolf von Larisch, Bertold Löffler, Erich Mallina, Max Oppenheimer, Ernst Plischke, Michael Powolny, Oskar Strnad, Trude Wähner, Eduard Wimmer-Wisgrill, um nur die größten Konvolute zu nennen.

Wenn nunmehr eine Ausstellung und vorliegender Katalog den Autographen von Anton Hanak gewidmet sind, soll dies als Hinweis darauf gesehen werden, daß das Hochschularchiv auch auf dem Gebiet einer stetig wachsenden Handschriftensammlung wichtige Nachweise liefern kann zu Person, Leben und Werk von Künstlerinnen und Künstlern. Darüber hinaus auch zu deren Befinden und Befindlichkeit, zu ihrer Reaktion auf Aufnahme oder Ablehnung in der Öffentlichkeit, ihren privaten Beziehungen zu Freunden, Händlern, Sammlern, Museen oder Politikern. In Briefen, Tagebüchern, Memoranden spiegeln sich politische und gesellschaftliche Situation der Zwischenkriegszeit, die Probleme des Exils, die materielle Not nach zwei Weltkriegen, die Widerstände und Probleme, die sich den Heimkehrenden nach 1945 entgegensetzten. Das Archiv betrachtet es somit als eine große Aufgabe und Chance, diese wichtigen Dokumente österreichischer Zeit- und Kunstgeschichte zu sammeln, zu erschließen und der wissenschaftlichen Forschung zuzuführen.

Erika Patka
Archivdirektorin

# AUFSCHREI EINES GETRIEBENEN

Anton Hanaks Briefe an Lili König

333 Briefe (Botschaften) von Anton Hanak an Lili (Helene) König besitzt das Archiv der Hochschule für angewandte Kunst in Wien. Davon werden etwa 100 in der Ausstellung im Heiligenkreuzerhof gezeigt.

Der erste Brief ist mit 15. April 1915 datiert, der letzte mit 15. Dezember 1933 – 23 Tage vor Hanaks Tod. Fast 19 Jahre lang hat Anton Hanak (manchmal mehrmals täglich) der geliebten Freundin ,,Lili" Botschaften zukommen lassen. Der Briefwechsel ist unvollständig – nicht nur, weil Lilis Antworten nicht vorhanden sind, sondern weil auch Briefe Hanaks fehlen.

In den Biographien über Anton Hanak wird dem ,,Herzele", dem ,,Kind Lilli", dem ,,kepplerischen Weib", der ,,Lillith" kaum oder gar nicht Raum geben. Ihr Einfluß auf den Künstler wird eher negativ gedeutet.[1)] Die Auskünfte über die junge Frau sind spärlich: Nachdem Lili zunächst bei Gustav Klimt studiert hat, besucht sie ab Herbst 1914 die Fachklasse für Bildhauerei von Prof. Hanak an der Wiener Kunstgewerbeschule. Im Jahr darauf nimmt sie auch an der Fachklasse Kunst und Heraldik von Prof. Rudolf Larisch teil. In der Klasse Bildhauerei Prof. Hanak scheint sie noch 1918/19 als Schülerin auf. Lili König, zweite Tochter eines reichen jüdischen Geschäftsmannes, der im 17. Bezirk eine prächtige Villa besaß (in der sie später sogar ein Hanak-Museum einrichten wollte[2)]), konnte sich, von den Eltern unterstützt, ihren künstlerischen Neigungen hingeben. Ein künstlerisches Werk hat sie nicht hinterlassen. Allerdings findet sich der Entwurf für ein Kriegerdenkmal von Helene König in: Soldatengräber und Kriegsdenkmale, k. k. Gewerbeförderungsamte, Kunstverlag Anton Scholl 1915.[2)] – Als Anton Hanak Lili König begegnete, war er bereits ein angesehener Bildhauer, verheiratet, Vater eines Sohnes und 16 Jahre älter als sie.

Von Lili König existieren keine Fotos, keine Zeugnisse, keine Berichte von Freunden. In einem seiner Briefe hat Hanak sich und die Geliebte in einer kleinen Zeichnung verewigt: Ein nacktes Paar, aneinandergekettet. In ekstatischen Worten preist Hanak die Schönheit seiner Freundin, aber man erfährt nie, wie sie ausgesehen hat. In den emotionsgeladenen Briefen des Künstlers ist wohl von Liebe und Ausgeliefertsein an die geliebte Person die Rede, aber nie von Scheidung (seine Frau kommt überhaupt nicht vor) oder von einer möglichen Heirat. Die gemeinsame Zukunft bleibt bis zum Schluß vage. Aus den Briefen kann man schließen, daß Lili und ihre dominante Familie versuchten, den Künstler an sich zu binden.

War Lili König Anton Hanaks große Liebe? Wurden die vielen Briefe aus Antrieb und Neigung geschrieben, oder waren sie ein von Lili gefordertes Liebespfand? Unbestritten ist die Faszination Hanaks für Lili König in diesen 19 Jahren ihres Briefwechsels.

Zu Beginn der Bekanntschaft strahlen die Schreiben Hanaks Schwung und Begeisterung aus. Hanak hatte im April des Jahres 1915 einen schweren gesundheitlichen Zusammenbruch; war er vielleicht deshalb so empfänglich für Jugend und Schönheit der neuen Schülerin, die er im Herbst des gleichen Jahres kennenlernte?

Die Briefe der letzten Jahre sind von Angst, Ohnmacht, dem Gefühl des Verlassenwerdens gekennzeichnet. Enttäuschung, Krankheit, Fatalismus machen sich breit, nur vereinzelt unterbrochen von der Hoffnung auf die Güte Gottes.

Anton Hanak schreibt seine Botschaften mit schwarzer Tinte, unterzeichnet sie mit vollem Namen. Die ersten Briefe richten sich an das ,,Hochgeschätzte Fräulein", dann folgen kleine Mitteilungen ohne Anrede; die späteren Briefe sind der Aufschrei eines Gehetzten: ,,Lilli, Lilli, Lilli!!!"

Im Mittelpunkt der Schreiben Hanaks stehen sein Gemüts- und Gesundheitszustand, Schaffenslaune und wie er von Lilis Verhalten betroffen wird. Die Briefe spiegeln seine Seelenlage wider, ähneln einander und sind nicht frei von Monotonie. Sie enthalten nichts von der doch sehr bewegten Zeit, in der Hanak lebte, geben keine Auskunft über Künstler, Freunde, Schüler.

Die hochexplosive Seelenladung wird in eine strenge Form verpackt, jeder Brief ist ein abgeschlossenes Kunstwerk, der Rand – links und rechts – wird peinlichst eingehalten. In den

letzten Briefen wird die Schrift immer enger, verquälter; Hanak unterschreibt seine Briefe jetzt wie ein Rasender, als wollte er sich auf ewig in das Gedächtnis seiner Freundin einmeißeln.
Erschreckend ist die Verzweiflung des Künstlers in all den Jahren. Ruhm und Anerkennung, die er zu Lebzeiten reichlich erhielt, konnten ihn nicht glücklich machen.
Im August 1928, von Todesängsten geplagt, vermachte er der Geliebten seinen gesamten künstlerischen Nachlaß aus seinem Prateratelier. Dies führte nach Hanaks Tod zu endlosen Prozessen, die erst 1949 beendet wurden.
Furchtbar ist Lili Königs weiteres Schicksal: Während sich ihre Schwester ins Ausland retten kann, wird sie zu Kriegsbeginn ins KZ verschleppt. Ihre Spur verliert sich im Dunkel.[2)]

Uta Krammer

[1)] Vgl. Hedwig Steiner: Anton Hanak, Mensch und Leben. München 1969, Delp'sche Verlagsbuchhandlung

[2)] Diese Hinweise verdanke ich dem Direktor des Hanak-Museums Langenzersdorf, Prof. Dipl.-Ing. Erich Gusel.

Hochgeehrten Fräulein Lilli König in Wien.

Hochgeehrtes Fräulein!

Ihrem Wunsche entsprechend ergänze ich mein Angebot im vorigen Briefe dahin, dass ich Sie meine Schüler den Donnerstag vormerke. Und zwar von 5 h Abends an. Sie können falls es Ihnen passt schon diesen Donnerstag kommen. Wenn es Ihnen gelingt die Anderen Herren zu verständigen wäre ich Ihnen sehr dankbar.

In aller Ergebenheit zeichnet

[illegible]

Wien 12. Juli [illegible]

Pavillon des [illegible].

Hochwohlgeboren Fräulein Lilli König in Wien.

Hochgeehrtes Fräulein!

Ihren Brief und auch die Karte
aus Salzburg habe ich erhalten.
Nach Ihren Bemerkungen über
Salzburg schliesse ich dass Sie Ihren
von einem [illegible]
gen begleitet wurden und soll es immer
Ihre Absicht sein bei so einem [illegible]
[illegible] dem Gefühle zu folgen. Aber
was wir bekommen ist ein langer
Lebensdauer ~~~~~~~~~~.
Die Antwort auf Ihre Zeilen sen-
de ich gleichzeitig mit und darf
Sie die Form nicht überraschen
nach Ihrer Angabe werden Sie schon
auf der Heimreise sein und so ist
dieser Brief an Fräulein König
gerichtet
In aller Ergebenheit
Ihr [illegible]

Wien 14. August 19[illegible]
[illegible]

Unsichtbare Freunde
ich fühle eure Zaubermacht
erahne eure Stärke ~~~
Ihr löst mich los von all dem
Erdenjammer ~~ ihr packt
und öffnet zugleich ~~~,
eure Beziehung erweckt
die tiefsten Regungen ~~~
Ihr verbindet das Werk mit
dem Himmel ~~~~~
ihr fesselt mich mit der Verbunden-
heit!

Dijon 4. September 1995
Pavillon des Amateurs.

Das goldene Antlitz
ein Baum ~~~
ein Zauberbild ~~~.
versonnen blicken die
Augen ~~~
es brennt der Himmel
den Engeln gleichen die
Arme ~~~.
Jetzt strebt es aufwärts,
es hält mich fest ~~~.

~~~

ein wilder Sturm ~~~
ein dunkles Ahnen ~~~.
Ist es Wonne ~~~
ist's der Tod ~~~?
Spricht ein stummes Bild!

Wien, 6. September 19[illegible]
Pavillon des Malers.
~~~

Zwei Wege kreuzen ~~~
Unendlich weit fort liegt
das Ziel ~~~~.
Fliech musst du rasten ~~~
dem Leben lauschen ~~~
den Durst stillen ~~~.
So keimt es aus fremden
Höhen ins Tale ~~~
In den Tiefen des Quells ~
spiegelt die Unendlichkeit.
Ein Wunder ~~~!
Die Sonne ~~~!
Das goldene Antlitz ~~~!
Es löst das Herz ~~~
der Kinder ~~~ es neigt ~
das Haupt sich zu den Tiefen.

Wien 6. September 1975
Schriften des Amateurs.

Dir sonniges Bild
Du wählst Dich [illegible]
wo sich keine Sonne
die scheinenden Winde
[illegible] ist die Welt
die finstere [illegible]
umhergekommen das Schicksal.
Ist es das Herz noch dass hier
hofft
Tief in die finstere Erde rich-
tet sich der Blick
ein Sieg ~~~ ein Stadt.

Wien, 11. September 1985
Pavillon des Amateurs.
Belvedere.

Der Brief umgibt mich, so fühle
ich die Welt ~~ als müsste ich
ewig leben ~~ umschaffen ~~
Wer ist's der mich so träumen
lässt ~~ denn nur die Bahn
erhellt nichts von dem düsteren
Leben das mich begleitet ~~
im geheimnisvollen Strom nur
darf ich fragen ~~~?
wohin ~~~? nein ~~ dies
Ereignis ist zu groß ~~ zu gewaltig
als dass ich meine Bangigkeit ~
niemals entkommen lasse ~~
Jetzt will ich das Geheimnis frei
walten lassen ~~ ergeben sein.
Mein Leben ist in deiner Macht
Du lenkst ~~ und richtest

* * *

Wien 1. Oktober 1915
Pavillon des Malheurs

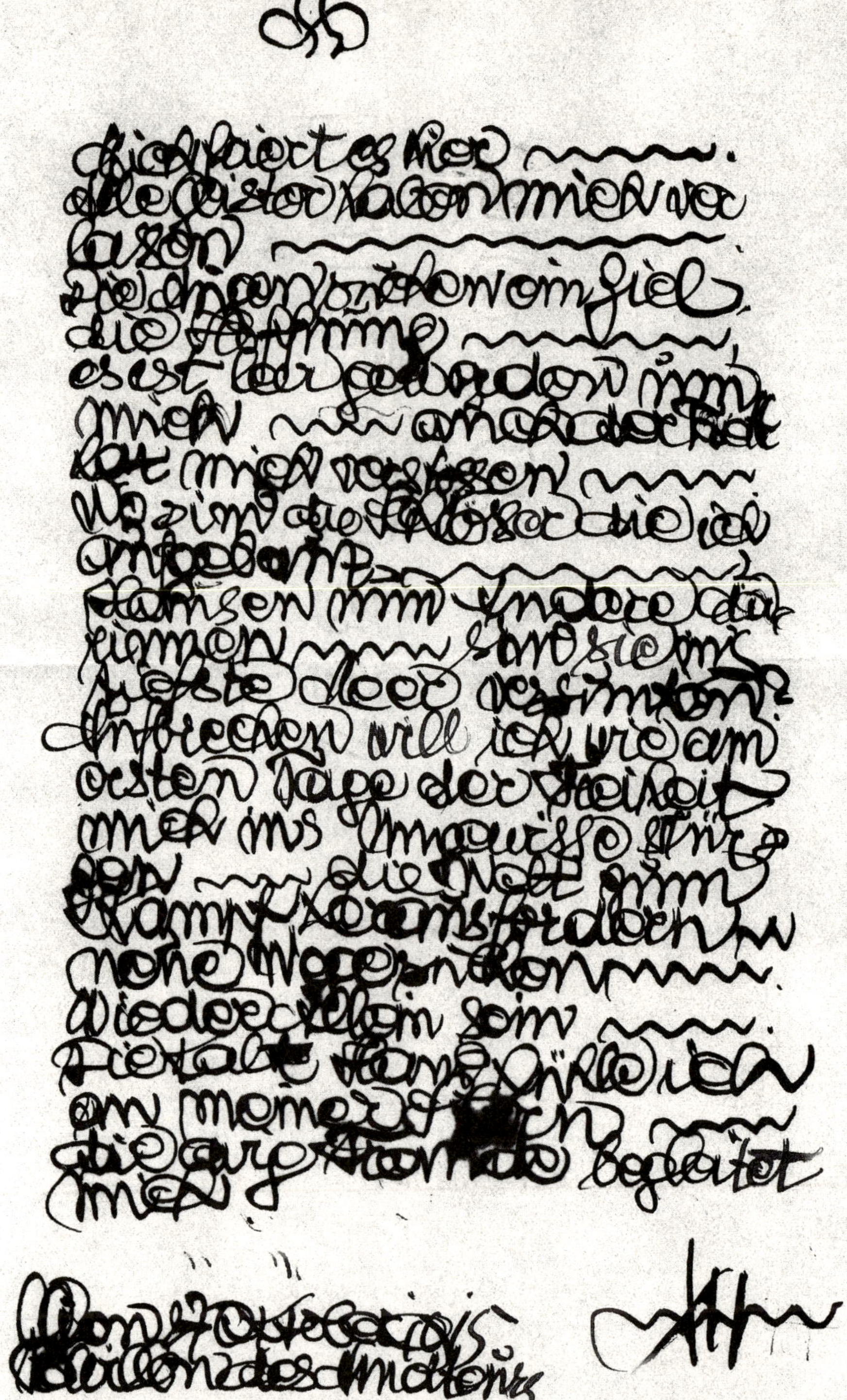

[illegible] friert es mich
die Geister haben mich ver-
lassen
[illegible]
die Stimme
es ist leer geworden in
mich [illegible]
hat mich verlassen
Wo sind die [illegible] die ich
[illegible]
[illegible]
[illegible]
[illegible]
Aufbrechen will ich wie am
ersten Tage der Freiheit
mich ins Ungewisse stürzen
[illegible] die Welt im
Kampf [illegible]
neue Wege [illegible]
wieder [illegible] sein
[illegible] will ich
am Morgen [illegible]
die ganze [illegible] begleitet
mich

[illegible]

Es ist nicht möglich
diesen Samstag mei-
nen Schülern Gelegen-
heit zu geben meine
Arbeiten im Atelier
(Anatomiezeichnungen) zu
sehen und bitte ich gütigst
dies zur Kenntnis zu nehmen
in aller Ergebenheit

[illegible]

Wien 12. November 19[illegible]

Weit verirrt ist der Tag
mit seiner grausammen
Wahrheit ~~~ lang-
sam kehren sie wie wie-
der
Wie eng sie mich um-
stellen diese stummen
kalten Pyramiden ~~~
Viele Wälder öffnet mir
die Einsammkeit ~~~
unendliche Träume
vom Sterben ~~~ erzäh-
len
Nun kennst du ewiges-
Geheimnis ~~~
Zu schliessen die mü-
den Augen ~~~
zu trachten das Glück

Rom 28.XI.1995
Pavillon de
Amerone

Was sind wir [illegible] ein Kind
im [illegible] das
[illegible] und [illegible]
[illegible] wir es nicht dahin-
nehmen wie's der Morgen
bringt ~ die Nacht
entführt ~
damit uns nicht täg-
lich ein Geheimnis un-
ser Herz ~

Wien 1. Jänner 1916
[illegible]

alle [illegible] sind tot
die sonnen erloschen.
wo ist dein weg ver-
[illegible] dein ziel,
dein [illegible]
[illegible] stehn noch
[illegible]
[illegible] nicht im-
[illegible]
hast du ihnen noch
nie ins [illegible] zu
[illegible] ?

[illegible]

Wien 29. Jänner [illegible]
[illegible]

Du sendest dein Feuer
goldenes Haupt
Du blondest
Du erleuchtest das Reich der
ewigen Liebe
erfassen will ich Dich da Du
die Flammen über meinem
Haupt zum Himmel schla-
gen läßt
da Du mein Herz verbrannt
Du bleibst friedlich
ein traumhaftes Bild
deine Flammen verzehren mir
mich sie sind dein Leben
mein Tod

Olmütz 29. Februar 1916
12 h Nachts
Villa Primavesi

Ich spüre mich selbst wieder mit-
all meinen Gestalten wandeln
zu Formen ~ !
zu zerbrechen ~ !
bleibt uns das Schicksal nicht
gemeinsam mit dem des Lebens wil-
der Stürme ~ ?
ist meine Kraft ~ oder meine
Schwäche, das wir uns verlieren
die wir uns festhalten wollen ?
Deine Lippen glaube ich zu fühlen
an meiner Stirne, an meinem
Mund ~
des wilden Atmens Drang ist
es der mich täuscht ~
der mich ächtet ~
Gedankenbild ~ du bist [illegible]
festliegen ~ du lässt mich
zu Dir streben ~ ohne Hoffnung
ohne Ziel ~ gib mir die Antwort!

[illegible] März 19[illegible]
[illegible]
[illegible]

Wilde irrwitzige Träume sind es mir
die mich lebendig erhalten ~~~
die mir neue Hoffnung geben ~~
verfinstern Wolken hindern noch
immer das Urteil ~~ verfinstern
die Sonne. Einmal enden ~~~
und wieder enden ~~~
weit entfernt ist noch das Ziel ~
die Erfüllung, weit entrückt dem
Auge das begehrte Bild ~~
Wie die Nacht rastet in ihrem Tanz
so kann ich keine Ruhe finden ~
ich brenne und verlange das
Ziel zu ahnen. Und dein goldenes
Antlitz harrest Du noch an dersel-
ben Stelle da ich es meinem mei-
nem Auge verhüllt ~~~
Neige ich nicht zu ewigen Nacht?
Sie können mich die Dämmernden
Dämonenstrahlen ~~ ich muss mich
abwenden um nicht zu erblinden
Oft frage ich mich die Sonne vermag
nicht mir neues Leben zu geben?
Vermagst Du es ~~ goldenes Bild?

Purkersdorf 31. Juli 1976
Sanatorium bei Meroosi.

Hochwohlgeboren Fräulein Helene König in Wien.

Hochgeehrtes Fräulein König!

Diesesmal trete ich an Sie mit einer Bitte
heran, welche Sie mir in Anbetracht der
Wichtigkeit gewiss nicht abweisen ~~~
es wurden nämlich in letzter Zeit von mir
verschiedene Fotografien meiner Arbeiten
verlangt und habe ich solche gewiss nur in
Wien in meinem Atelier abgeschlossenen
Raum linker blauer Kasten sowie samt
seitlich unter dem Vorhang im Kasten ~~
Es wäre gewiss einfacher die zwei grossen
Alben mit zu schicken ~~ aber die will
ich nicht gerne aus der Hand geben.
Nun bitte ich Sie falls es Ihre Zeit erlaubt
mit Sie in Wien sind in mein Atelier zu gehen
mit meinem Hausmeister zu sprechen
und daraus den Fotografien meiner Ar-
beiten die guten heraus zu suchen ~~~
und zwar von jeder Figur (Skizzen ausge-
nommen) ein Blatt. Auch den Franz
von Frühling am Schreibtisch, selbstver-
ständlich müssen diese Blätter auf die Grö-
sse der anderen zugeschnitten werden ~~
Dann müssen die ganzen Fotografien einge-
packt werden (Postpaket)
Damit wäre vorläufig die Mission erledigt
den wohin dieselben geschickt werden sollen
kann ich erst einige Tage später angeben.

SS

Es fehlt ein verspäteter Herz-
infarkt ~ oder ist dies schon
ein Abschiedsbote? Schwarze
eine ganze Kraft gienge auf
mich über ~ sie würde mich
verlassen aus dieser Zeit des Un-
siegen. Könnte ich durch die-
sen Sturm alles klar sehen was
mein Inneres denkt bin ange-
gangen bin ich der seine ~
Kraft nicht zu enthalten weiss ~
der Sehnsüchtige der Befreiung hart.
täglich werde ich mich gefangen neh-
men ~ in schweren Ketten worden
von meinem Stolz der Kampf um die
Freiheit ein schon ein doppelter
führe ich da die Sonne mir ins Ge-
sicht scheint ~ die beginnenden
mich zu verdrängen. Die gol-
denen Blitze packt meine Seele ~
einem Baume gleich zusammen ~
und lässt sie nicht einzeln unterge-
hen. Alles auf einmal ~!

Winkelsdorf 2. ~~Februar~~ Jänner 1917

Du sollst der Jugend niemals
deine Wunden offenbaren
noch bestrebt sein ihr welche
zu schlagen. Ist nicht Schmerz
und Freude gleich

Öffne die Augen erst dann wenn
du sicher bist dass dein Herz
keine Enttäuschung erlebt
gieb deinen Gefühlen erst dann
den irdischen Klang
wenn sie aufkommen können.

Wer lehrte mich die Weisheit
dass ich so sprechen muss
wer nahm mir die Kraft
dass ich so betteln muss.

Steyr 21. Jänner 1917
Steyrdorf
12h nachts

Als wäre ich niemals auf die-
ser Welt gewesen
so sollte mein Abschied sein.
Und irgendwo werde ich dem
Gesang der Vögel wieder begeg-
nen und glücklich werden.
Was hab ich erleiden müssen ob
meiner Auserwähltheit
und wie viel heimlichen Tränen
haben jenen gegolten die mich
verwundeten.
Doch niemals kamen die Boten
der Versöhnung niemals
durfte das Herz erleichtert sein.
Und wie es hätt [illegible] kön-
nen mich preisgeben.
Dann sollt ihr nicht suchen
was mein Gut gewesen.
nicht hüten was an mir sterblich
war.

Wien 31. Jänner 1917
Pavillon des Amateurs
4 R [illegible] im Fieber
geschrieben.

An Dich
Nun wieder Dir
Unsichtbare
Lasse den gigantenirre
gehen, bitte nicht
Dein Unglück

Winkelsdorf
2.I.1917
Sanatorium Primavesi

Hochwohlgeboren Fräulein Helene König
in Wien.

Hochgeachtetes Fräulein König!

Hiermit erlaube ich mir Ihnen
die Kanne ~~~ sowie die Fla-
sche ergebenst zu senden ~
Der Überbringer Tomasini hat
den Auftrag, falls Sie ihm eine
neue Flasche Geist mitgeben kön-
nen, denselben gleich mitzuneh-
men. Indem ich mich Ihnen er-
gebenst empfehle, zeichne ich
mit dem Ausdrucke der Wert-
schätzung [illegible]

Wien, 12. Februar 187
Pavillon des Amateurs

\+ + +

Lass ihn ziehen den Verirr-
ten seinen Weg suchen
Halte nicht fest was Dir
ein Unglück bringen muss.
Willst Du den Sarg schliessen
den das Schicksal ihn tra-
gen lässt
Es zieht der Tonalme seinen
Weg nun die da starben
sind nicht zur Frucht geboren

* * *

Wien
17. III. 1917
Pavillon des Amateurs

Wir sehen
im Glauben an die Allmacht
der Liebe
Wir fühlen
im Erkennen den Todt

Wien 7. April 1917
Pavillon des
Hilariens

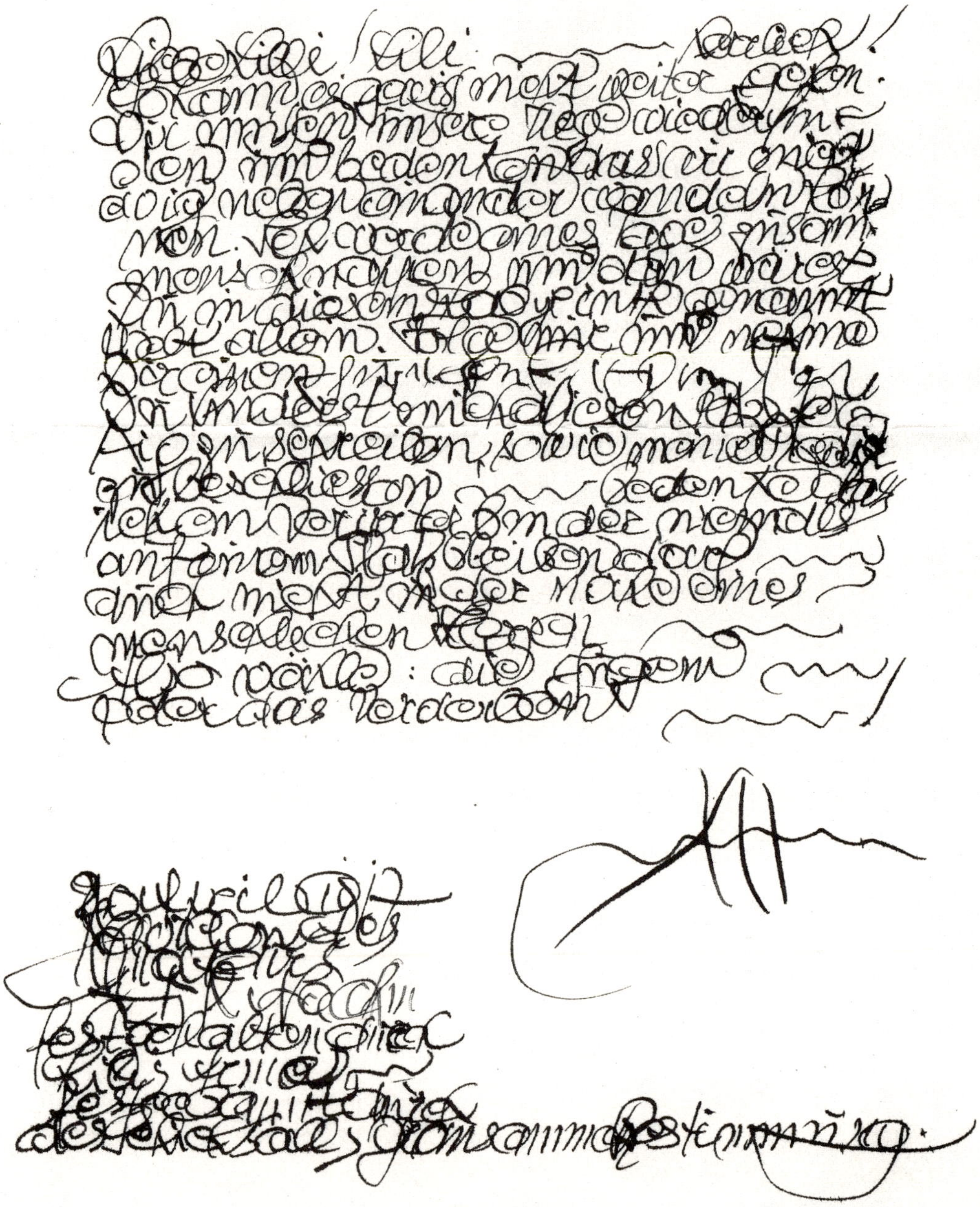

Hochwohlgeboren Fräulein Helene König in Wien.

Hochgeehrtes Fräulein König!

Diesesmal komme ich mit einer kleinen Bitte. In meinem kleineren Atelier (südlichen Pavillon) ist in einem Briefumschlag ein kleines Büchlein ~
ein Nachruf den Fräulein Rita Passini sowie der Bildhauer Ambrosi ihrem Grazer Freunde Gollob (Maler) gewidmet haben. Dieses Büchlein möchte ich gerne hierher nachgesendet haben und bitte ich Sie ~ wenn es Ihre Zeit erlaubt in den Prater zu fahren und meinen Steinmetz Tomassini aufzusuchen der Ihnen dann das Atelier aufsperren wird und in welchem Sie das Büchlein finden werden. Wo es genau liegt weiss ich nicht aber Sie selbst haben es ja auch gesehen und wie ich glaube habe ich es vor meiner Abreise in denselben Briefumschlag hineingesteckt in dem es angekommen ist ~
Meine Kur hat begonnen und bin ich etwas zusammengebrochen. Wie geht es Ihnen? Arbeiten Sie etwas? Nehmen Sie für Ihre Bemühung meinen herzlichsten Dank entgegen und verbleibe ich Ihr ganz ergebener

A Hanak

Winkelsdorf 23. Juli 1917

Willst auch so stille stehen
wie jetzt da mich Deine Arme
umschließen
da Du mir den Weg verstellst?
Einem Quell gleichst Du zu dem
der Wanderer sich neigt der
weit des Weges kam einem him-
mlischen Licht an dem wir nicht
vorbei irren
So lass mich nun trinken von Dei-
nen Lippen von Deinem
Leben einmal gefangen
und glücklich sein

Winkelsdorf
23. Juli 1957

Schon geblieben bin ich an dem
Tag da ich mir meine Kraft
bewusst geworden
alle Vorsätze sind an mir vorbeige-
zogen ich habe in der Einbil-
dung gelebt. Jetzt will ich erkennen
abrechnen jetzt muss
ich empfinden das ich niemals vor-
wärts gekommen bin ihr
habt ihr also nicht gesehen
mich nicht zu bewegen vermocht ?
Wo wartet ihr immer da ich endlich ver-
zagte mich vereinsamt
fühle ? Die Wege werde ich wohl nie
mehr finden die mich hierher geführt
so muss ich hier beschließen was an-
dere begonnen was ihnen zu schwer
geworden. Friede will ich mir [illegible]
[illegible] neigen und warten bis ihre Bo-
ten mir den Frieden bringen
warten bis die Auferstehung kommt.

Winkelsdorf
24. VIII. 17

Bist neben mir gesessen
Und hast mit mir geweint.
Jetzt gehen wir schweigend und sin-
nend das Meer entlang.
Des Himmels Lichter führten uns
zum Ziel
Und über uns wacht seine Gnade

Stockholm 4. September 1917
nach der Vorstellung von Puccinis (Bohème)
mit Kgl. Hoheiten.

Kopenhagen Warnemünde Berlin
Weihnachtsabend Sonntag 24.XII.1917

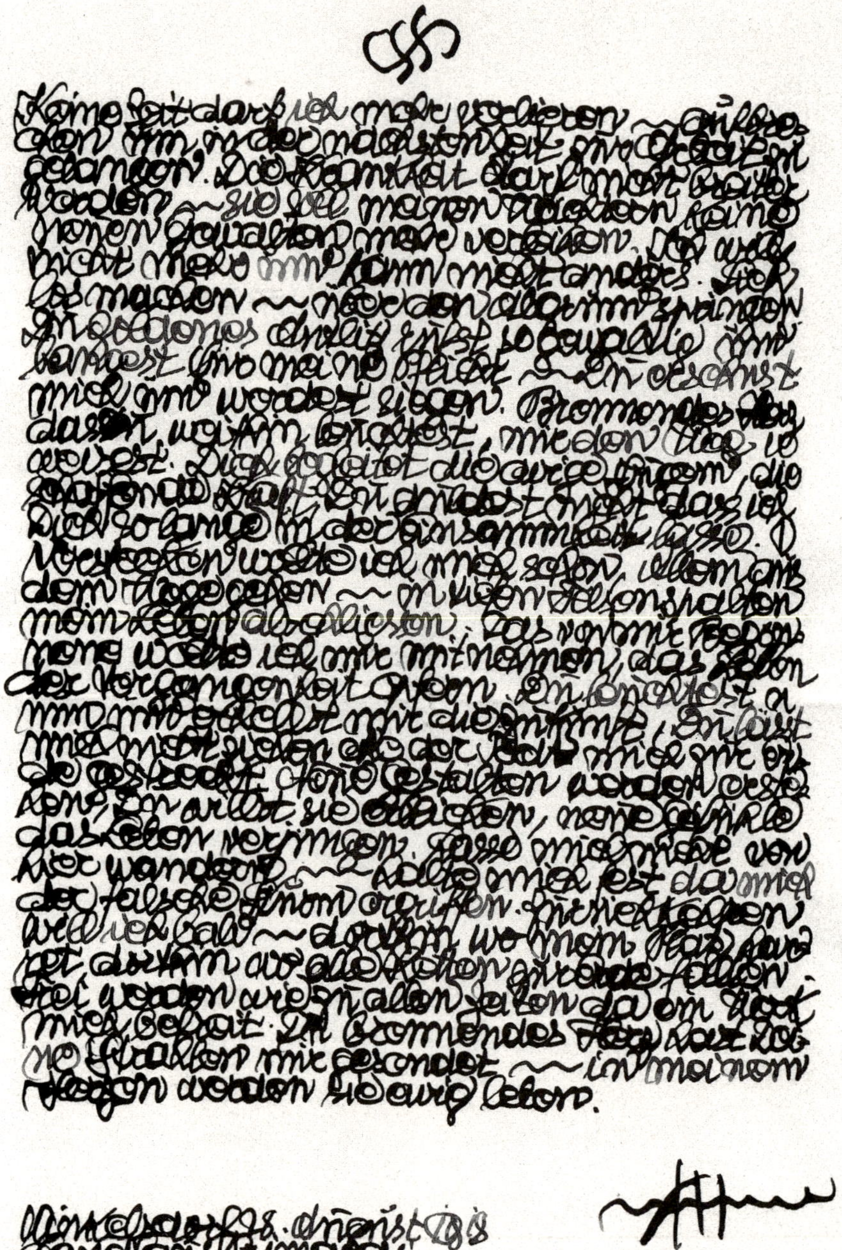

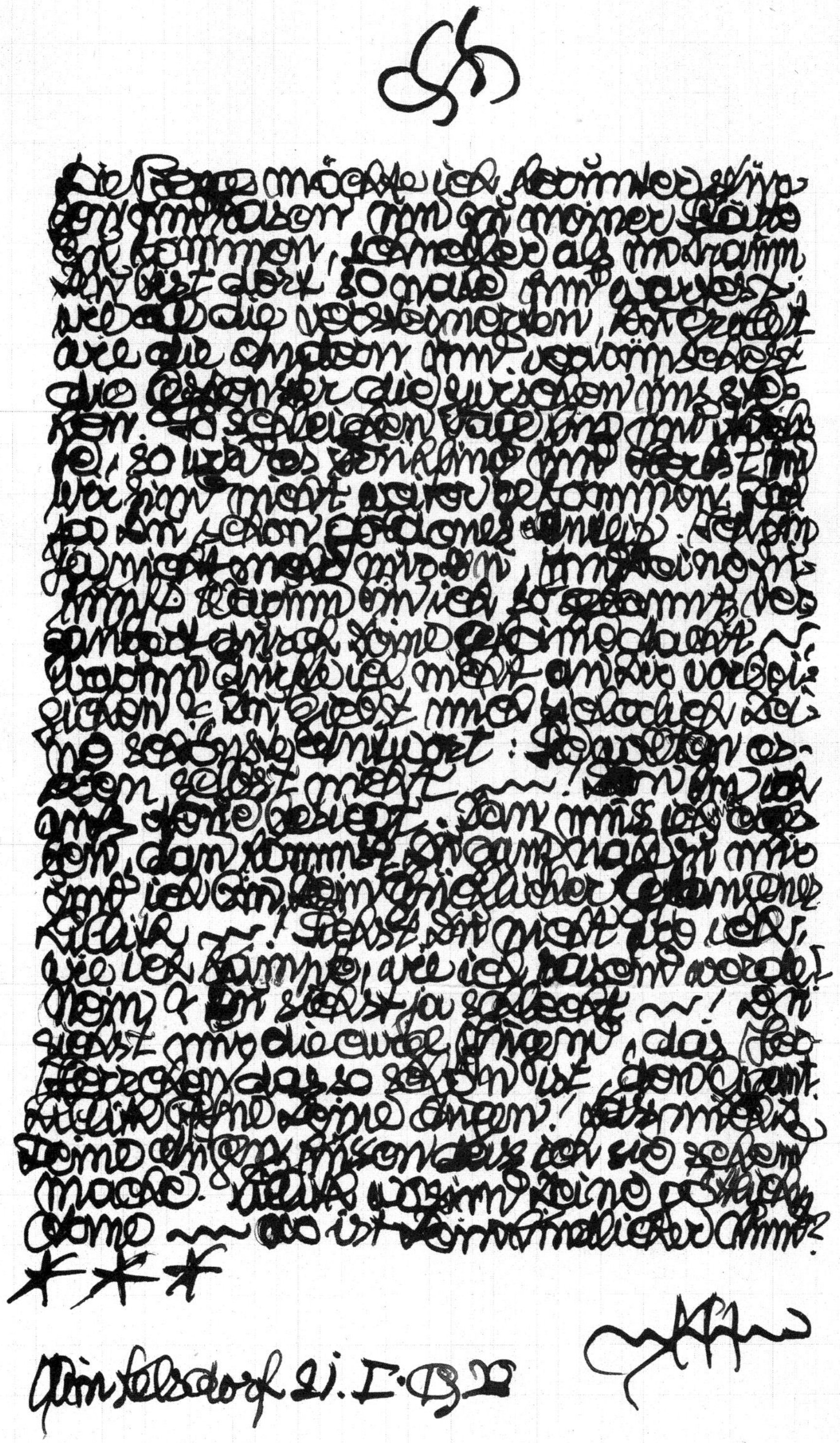

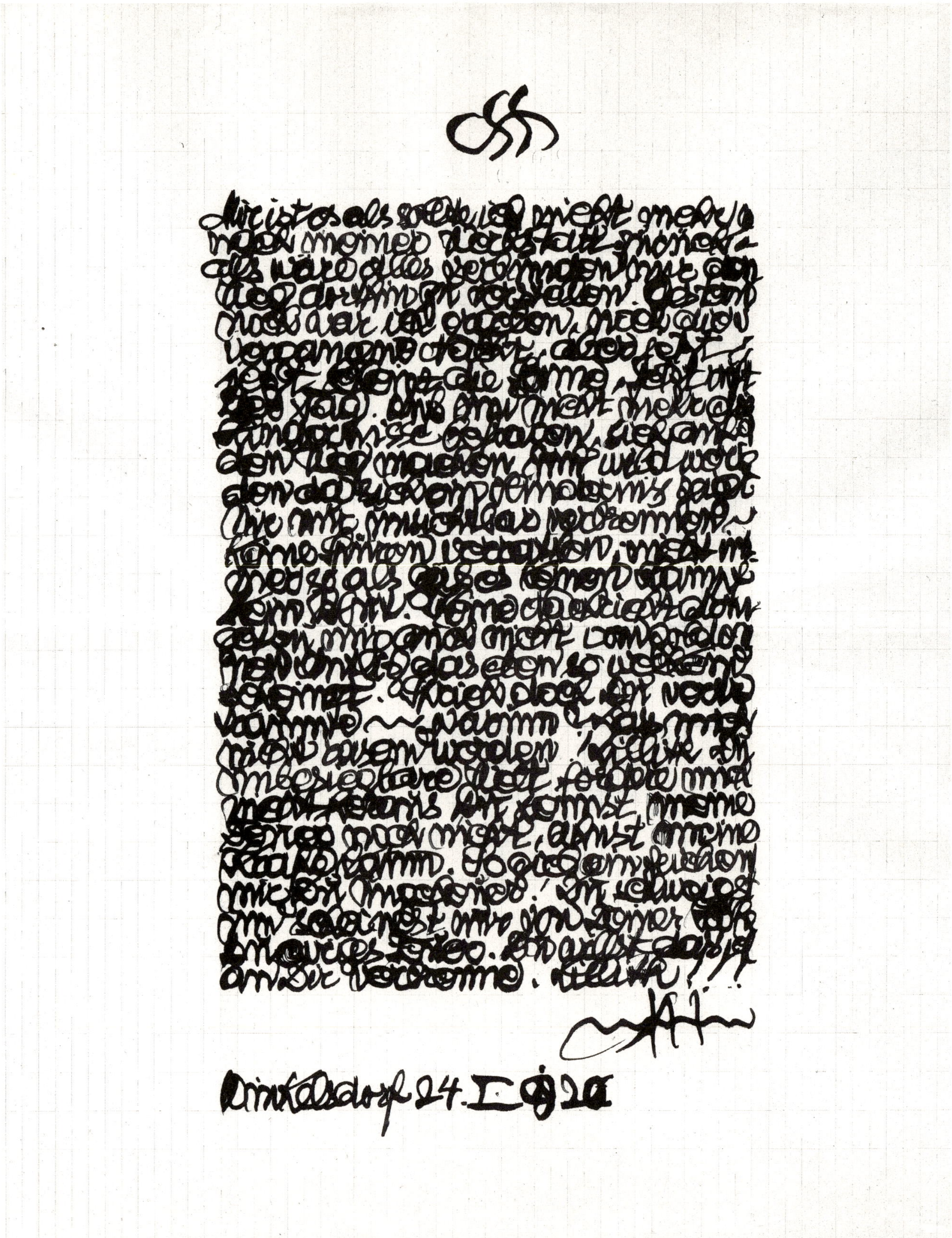

[illegible] ist wieder [illegible]
[illegible] hat [illegible]
[illegible], hat [illegible]
[illegible] das
[illegible]
[illegible] gesendet. [illegible] wir sie
wieder schreiben, [illegible]
[illegible] das [illegible] nicht [illegible]
[illegible] geblieben. [illegible]
[illegible] immer [illegible]
[illegible]
[illegible]
[illegible]
[illegible] das es [illegible]
[illegible]
[illegible] nicht [illegible]
[illegible] ist [illegible] gewesen.
[illegible] die
[illegible] gesendet.

Wien.
3.IV.20

[illegible]

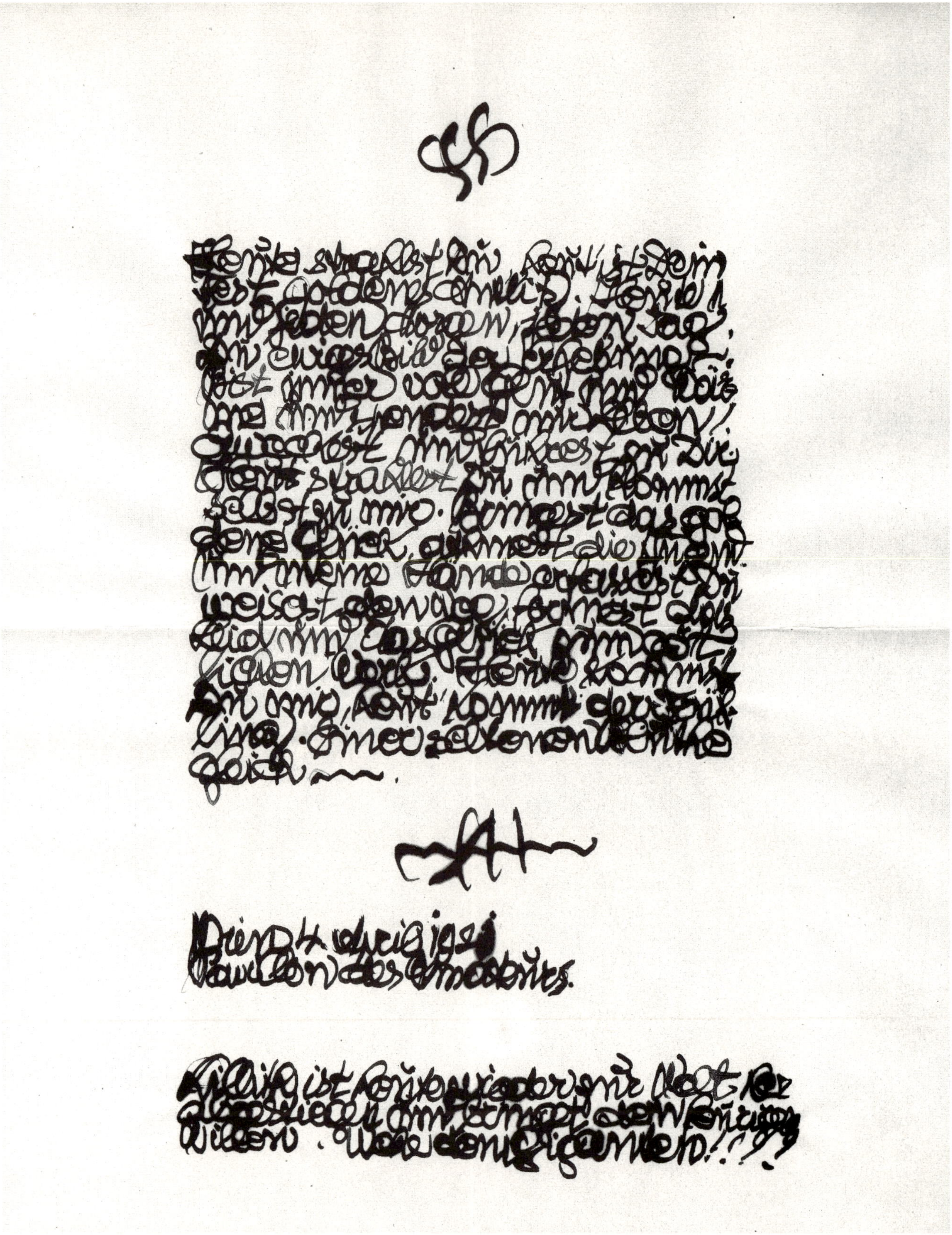

Lili!

Hör das Lied, dass ich Dir singe, wie die Klänge der Saiten die Stimmung gestimmt. Setze Dich zu mir, neben mich und singe mit und wisse, dass alles, was wir fühlen, muss da uns die Musik spricht. Lili. Setz näher zu mir in meine zitternden Armen. Vergiss dann die vielen bekommenen Gestalten, das uns verlorene Glück. Sieh mich Sklaven, den Dein Lieben so hoch erhoben hat, dem Deine Treue so ewige Kraft verliehen ~~~ Lili! Schaue nicht so viel in die grausame Welt, wühle nicht im Herzen der Leiden. Sieh die Sonne, die immer wieder scheinet. ~~~ Lili! Hörst Du mich? Es stehen so dunkle Wolken am Himmel, es nahet ein Gewitter und mich bangt vor der Zukunft. Wer soll mich fortreißen, oder Dich, oder uns beide? ~~~ Lili! Ich fürchte mir ~~~ vor Dir, vor Deinem Geheimnis, was soll nun werden? Lili?!!

***

Wien 14. III. 1920
3h. Mit

Lilith, Weib, du ungeheueres! [illegible]
nicht so schlimm von mir, schau nicht
in den verlöschenden [illegible]. Willst
Flammen entfachen, weißt dass sie
hoch schlagen. Gib acht, kannst selbst
gar nicht vorkommen. Entsetzlich und keine
Augen. Du ewiges Tier! Spiele nicht
so [illegible] und gebieten. Lilith ~!
Ich kann auch schwanken werden,
immer über Zeiten [illegible] fallen. Was ist
dann wenn wir beide nicht weiter können
wenn du auch zusammenzwingst? Sieh
unser [illegible] wie es umgekommen, wie es
nach Vollendung schreit. Hörst du
wie sie uns alle anklagen, wie der Donner
über [illegible]? Lilith spiele nicht mit
diesen Gespenstern! Du lächelst auch
und bist so sicher, du winkst mir nur
zu folgen. Alle werden von dir [illegible]
und verschwimmen, leben sich gefangen
mir ich, ich muss kämpfen und rasen.
Du bist so jung und voll [illegible]. Du [illegible]
lest mich. Und alles muss sich ordnen
da du winkst, muss sich ordnen wo du
gebietest. Doch du bist so schlimm und
verschlossen ~ was willst du wo ich
niemals folge?

Winkelsdorf 7. August 1920 [illegible]
[illegible]

Was zeigt mir dieses Gespenst, was streckt
es mir die Hände entgegen? Und die Stimme,
seine Hände nähern sich meinen Augen,
meinem Herzen ~ bald wird es mich
erfassen und dann ~ dann ist alles ge-
wesen. Keinen Atem will ich rufen um
bringe keinen Laut heraus, meine Kehle
ist zugeschnürt und mein Körper gelähmt.
Wer schickt dies Bild zu mir, wer will so
mich zu Tode erschrecken? Soll ich nicht
mehr leben, weiter streben und singen, soll
ich nicht mehr arbeiten? Soll es denn ge-
schieht gefallen mich tief zu schmerzen ~
Alles dreht sich mit mir, ich finde keinen
Ausweg, keine Rettung, meine Augen hül-
len sich vor der Nacht und wollen sich ver-
bergen. Wo ist aber der erlösende Klang
der zu dir spricht, der mich mit dir ver-
bindet. Oder willst du meine Stimme
nicht mehr hören, meine Stimme nicht
mehr sehen, soll ich nie mehr leben, vor
dir stehen und dem goldenen Klang ver-
ehren. Und keine göttlichen Hände ~
streichen sie mir nicht, die meinen Lippen
Nehmet die Fesseln ab, befreit mich von
diesem Druck, macht meine Stimme frei,
dass ich laut rufen kann: Lilli — !

* * *

13. VIII. 1920

[signature]

Am heutigen Tag ist [illegible] mich gekommen,
ich habe das Ende [illegible] gewirkt mit
meinen [illegible] Schmerzen [illegible] ich den Arzt [illegible]
[illegible] schweren [illegible] habe ich
[illegible] und [illegible]
[illegible] ich arbeiten so weit dass ich [illegible]
[illegible] mich [illegible] in die [illegible] zu
[illegible]. Diesmal waren die Nerven
krämpfe zum erstenmal so heftig und von lang
er Dauer dass ich zu den unerträglichen Schmerzen auch noch die seelische Qual des [illegible]
[illegible] zu bekommen hatte. [illegible]
[illegible] gekommen [illegible] mich mit ganz
zusammengebrochen und konnte das einzige
Mittel — Morphiuminjektion — nicht mehr
anwenden da die Schmerzen schon im [illegible]
[illegible] waren. Jetzt ist mein Ende absolut
klar — eine schwere unheilbare Erkrankung
der Nerven, vielleicht ein noch längeres [illegible]
[illegible] qualvolles Leiden [illegible]
[illegible]. [illegible] mir klar, weil es kein [illegible]
[illegible] als [illegible]
[illegible] es dann wirkt auch das Gift
nicht [illegible] so muss man ein tödliches Gift
nehmen. Alles ist mir klar, ich werde jetzt alles
anbieten um meine Arbeiten [illegible] zu
[illegible] und [illegible] während dieser Zeit
[illegible] Schmerzen ertragen. Ich will also so
rasch wie möglich [illegible] meiner
Arbeit [illegible] [illegible] nicht [illegible]
meine [illegible] ich will [illegible] meine Arbeit [illegible]
[illegible].

* * *

Donnerstag 18. [illegible] 1970
Winkelsdorf am Kamp [illegible]

[illegible]

Lilli!

Mir ist so bange [illegible] ein eisiges
Gespenst hält mich fest. Ich [illegible]
[illegible] im Innern schmilzt mir die
Kehle zu! Lilli!!! Unser Leben [illegible]
unser Glück unsere Zukunft!
Hörst Du mich, siehst Du mich!
[illegible] Versinkenden reich [illegible]
ich muss schlagen die Hände die [illegible]
[illegible] über dem Kopf zusammen.
Lilli!!! Sie haben mich [illegible]
[illegible] alle hier sind [illegible]
Niemand will mit [illegible] sein
Lilli hörst Du mich ?? Lass mich
nicht untergehen. Ich bin zu
[illegible] mir.

[illegible signature]

Pavillon des Amateurs
11 h mittags

An das grosse Kind im Bade!

Ich nehme an dass Du sämmtliche Brie-
fe zur Zeit erhälst da Du eben im Bade
zimmer bist welches Du jetzt sicherlich
täglich 10 Stunden bewohnst. Dein Brief
hat mich überglücklich gemacht, umso
mehr als ich zumindest einen halben Jahre
von Dir keinen Brief erhalten habe Du
schreibst mir eben nichts mehr – magst mich
nicht (– jetzt sehe ich wie Du mir die Zunge zeigst.)
Du schreibst ob und wie hier Alles beschaffen
ist welche Möglichkeiten es giebt. Vor Allem
also war ich bei Dr. Ziegler – die gleiche Di-
agnose – das gleiche verständige Abklopfen
die gleichen geheimnissvollen Augen dieselben
den Fragen um den Sterbenden. Dieses mal
wurde auch mit dem berühmten Apparat der
Blutdruck gemessen 135 – für mich ein s
spanisches Dorf – diese Höhe soll die Grenze
sein – nicht pathologisch – ich verstehe
nichts davon – aber die Grenze das heisst für
mich – aha – jetzt geht es abwärts – rasch
noch Alles fertig machen. Zum Glück fürchte
ich mich schon nichts mehr als den Tod. Also
man stelle sich vor in welcher Stimmung in
welcher Verfassung. Kein Wunder wenn man
im Rathskeller Zuflucht – Trost und Lebens
verlängerung sucht. Es ist doch eine herr
liche Kraft und Macht in den Weinen
Also das wäre das eine, dann also Fichten
nadelbäder – Ganzmassage – Bettruhe
was ich selbstverständlich Alles machen
will aber mit dem Beginnen täglich mich
auf morgen verlasse.

[illegible signature]

Lilli!

Der Sturm ist losgebrochen und treibt uns vorwärts. Viele stellen sich uns in den Weg und tun als wollten sie mit. Doch wollen sie uns den Kampf aufhalten, wollen mit uns zu hindern. Wir wollen nicht warten mehr, wollen nicht hoffen daß Hilfe kommt. Wir selbst vermögen alles, im Glauben an unsere Sendung, im Streben zum Siegen. Und was hier gegen uns sinnet ist Neid, Eitelkeit, Selbstsucht (jener die nicht bestimmt sind dem Führer zu folgen. [illegible] den Kopf und [illegible] die Wonnen des Kampfes und Drängens [illegible] das wir auserwählet von Gottes Gnaden stehen. [illegible] Morgen soll nie enden und im Tag [illegible] wachet [illegible] unverletzt.

AH

Wien, 4. IV. 192[illegible]
[illegible]

Ein Tag schöner wie der andere. Fast glaube ich das Wetter ist für mich geschaffen. Meinem Herzen geht es schon viel besser. Die beiden Tage rasen die Autos herum und aus Wien giebt es viel viel Gäste. Auch viele bekannte Erscheinungen die sich wohl fragen: Wie kommt der E hierher!? Fast glaube ich daran daß ich nun alljährlich nach Gmunden komme. Es sieht bei der ständigen Sonne und dem tief blauen See wie eine südliche italienische Stadt aus. Langsam wage ich mich kleinere Partien zu machen und bin gestern mit dem Motorboot nach Traunkirchen gefahren. Dort wäre für mich eine letzte Ruhestätte. Beide Fahrten waren herrlich, die Sonne hat auch mich verbrannt. Am sonnigsten ruhe ich nach und habe so gar keine Lust etwas zu beginnen! Aber einmal muß ich wieder energisch arbeiten. Diesmal gründlich. Bald komme ich wieder und grüsse das goldene Antlitz.

Gmunden, 17. April 1922
Sanatorium.

Lilli!

Ich habe vergessen dass Du Dir Geld
ausgeliehen [illegible] konnte
ich die vielen Millionen die
ich [illegible]
nicht zusammenbringen.
Dem Diener [illegible] habe
ich somit diesen Brief an Dich
gegeben [illegible] nimmt er [illegible]
eine halbe Million österr.
Kronen. Nicht weil dieser
Brief soviel wert ist sondern
weil ich immer eine
halbe Million österr. Kronen
schulde. Somit bitte ich Dich
ihm den Betrag gleich zu geben
[illegible] mir am Montag [illegible]
[illegible] zwei Millionen [illegible]
[illegible] ich nicht [illegible]
und noch soviel schuldig bin.
Auf Wiedersehen am Montag
[illegible]
[illegible]

[illegible signature]

Wien 21 April 1923

Herzchen!

Habe von Deinem Brief erhalten.
Einige Worte kann ich unmöglich ent-
ziffern. Deine drei einander sehnen
mit Dr. Mo. müssen ganz interessant
gewesen sein und wird es eben sicherlich
ganz darauf ankommen wie weit ihr
Euch verständigen werdet. Jedenfalls
wird das arme Opfer langsam einge-
sponnen und wohl geborgen. Es ist
nicht goldenes Kind und mindestens nicht
besser. Ich wäre Dich wie Du siehst
Du hast dir sicherlich selbst leid ...
Aber es ist einmal so. Auf der einen
Seite: Dr. Mo. und Lilith, auf der
andern Primavesi, Hoffmann, dann
die unnahbare Gebieterin Stan. und
die neu auftauchende Monde sammt
Leibarzt und Frau. Die andern die
noch in der Luft schweben kenne ich
noch nicht. Ich wiederhole noch ein-
mal meinen Notschrei: Ich werde
an der Eifersucht meiner Mäcene
zu Grunde gehen. Du sprichst von
untereinander der Herzenskommen im Konzert mit Dr. Mo.
Ich spüre solch eine Überraschung
schon in allen Gliedern und ...
Soll ich also langsam einpacken?
Du machst sicherlich alles gut und
kann ich mir noch auf Deine sonnige
Erklärung

Küsse und ein
langes Umarmen
und Vertrauen!!!

***

Weihnachten 1923.

Kinder!!!

Wir möchten die Zeit bannen und sind so ohnmächtige Kinder. Jeden Morgen hoffen und bangen wir aufs Neue — und träumen bei geschlossenen Augen. Und wenn wir sie öffnen dann ist alles so weit entfernt — erscheint alles so unmöglich. So auch heute. Wir wollen unsere Augen schließen und träumen, wollen die schönsten Erlebnisse haben, wollen den höchsten Aufstieg erleben. Und wenn wir dann die Augen öffnen dann soll alles wahr vor uns stehen — zur Wirklichkeit geworden sein. Dann soll uns eine neue Welt aufnehmen, in einem erhebendem Heim — dann sollen uns Weisen erklingen die uns himmelwärts heben. Und Du sollst nicht mehr trauern und bangen — sollst deine Träume erfüllt schon umgewandelt sein.

Du und

[illegible]

Lilli!..!

Heute Nachmittag ½ 5
muss ich in die Stadt das
heisst ins Ministerium um
so bitte ich Dich nicht in den
Prater zu kommen. Dafür so
Gott will morgen Freitag kom-
mst Du in den Prater um
[illegible] Nachmittagsstunde
um [illegible] ich Dich vom
ganzen Herzen als Dein
Dich liebender alter [illegible]

Max

Wien 10. Jänner 1924
Chauleurspavillon 1924
1924
damit ich
mirs merke

Achtung!!!

Bedränge mich nicht so
treibe mich nicht zum Wahn-
sinn // fordere nicht mei-
ne wilde Kraft heraus im
Todeskampf im Ozean der
Elemente. Bald werde ich
alle Fesseln sprengen unter
den wilden Tieren gleichen
wie die [illegible] – menschli-
chen Opfer werden nicht mehr
[illegible] – nicht [illegible]
[illegible] immer – [illegible]
[illegible] – mein [illegible]
[illegible] werden [illegible] verlassen
[illegible] – werden
[illegible] – [illegible]
[illegible]
[illegible]

15. III. 24

Willi!!!

Es geht mir nicht gut, seit drei Tagen bange ich um meine Gesundheit Rheuma – Schmerzen im ganzen Leib ein Bohren und krampfartiges Grimmen in allen Eingeweiden bis zum Hals! Nachmittags wird es mir heiss – doch habe ich kein Fieber. Hörst Du den Sturm siehst Du die finsteren Wolken – hörst Du meine Stimme die ganz gebrochen klingt. Bis Mittag wäre die Arbeit gegangen – jetzt ist es unsicher und ich fürchte und bange.

22.IV.24

Willi!

Die Schmerzen sind nicht auszuhalten. Der Tod soll die beste Erlösung sein – die sicherste und andauerndste. Soll ich es auf diese Art versuchen? und der liebe Herrgott versagt seine Hilfe und schläft. Soll ich vielleicht die Concurrenz annehmen – den [illegible] oder den Doktor Mayer in [illegible] oder den in Karlsbad? Lauter Charlatane – und die ganze Wissenschaft ein Schwindel

[illegible]

Wien 23. April 1924 [illegible]

[illegible] !!!

So soll es nicht gemeint sein
als diese Zeichnung am ersten
Blick erscheint. Nicht ein Ab-
kommen soll es bedeuten. Aus
dem Weibe geboren – sich aufge-
zehrt – und niemals seinen
Ursprung verlieren.
Als dieses Weib – immer bezwingend
[illegible] [illegible] das Ganze [illegible] –
[illegible] mit dem andere [illegible] –
Beide stark wie ich der ich nicht
von Dir sondern in Dir strebe:
Selbst ewig zu halten und in allen
Kämpfen wissen dass wir immer
wieder eins sein.
[illegible] an diese vielen [illegible]
[illegible] und diese innige Umar-
mung mit [illegible] [illegible]

[illegible]

31. XII. 24

* * *

[illegible] — !!!

[illegible]!!!

Du kommst nicht und mir ist so
bange um Dich. Wo weilst Du?
Oder hat Dich jemand gehindert
unseren Weg zu gehen? Alle Möglich-
keiten wiege ich ab und bin so
machtlos und kann nicht eine Se-
kunde Ruhe finden. Wie lange noch
wie lange? So geht es nicht mehr
weiter — so kann es für mich keine
Ruhe mehr geben — Jetzt läutet es.
Bist Du und es fehlt Dir nichts?
und ich zittere am ganzen Körper
mache mir Vorwürfe und Du lachst
deine Sprache klingt wie reines Metall
um — es ist nichts. [illegible] — ich
bin nicht zu beruhigen —. Jetzt kracht
es und mich trifft es wie ein Schlag.
was — wer — hat es geklopft — ist ein
Stein an's Fenster geflogen — nichts
zu hören nichts zu sehen — Verfolgungs-
wahn. [illegible] — Ver-
folgungswahn — Warum? Weil
[illegible] liebe — und nicht darf weil
die Menschen unsere Liebe nicht begreifen
können.
Und wir — wie gehen daran zugrunde

* * * Anna

5. Jänner 192[illegible]

S. R. [illegible]

Lilli!!!

Ich habe gestern noch sehr gelitten und wäre so gern mit Dir weiter gefahren. So gern Dich noch länger begleitet — aber Du selbst hast den kürzeren Weg bestimmt. Warum ??? Ich habe Dir sicherlich wieder Weh und Kummer bereitet, es wird ja alles auf mich zurückfallen — ich weiss es — hilf mir zu [illegible] meines Schicksals Karte Bestimmung. Heute — sehe ich Dich vielleicht — es ist schon 12 12h Mittags vielleicht kommst Du noch. Wenn nicht was dann?

Jetzt läutet es!

Du bist es und bist so verstimmt und kurz mit mir — so streng und unpersönlich

Wie endet Alles ???

8. Jänner 1925
12h Mittag
Pavillon des Amateurs

Lili!

Wieder ein qualvoller Abend, eine qualvolle Nacht und kein Weg, keine Möglichkeit die mich zu Dir führen!

Könnt ich Dich sehen
neben Dir weilen,
es wäre Alles so anders.

Dann würde ich in Deinen Augen lesen in Deiner Stimme das Urteil hören. Du würdest meine ganze Kraft aufrichten – gegen mich – und gegen Dich – Du würdest uns ins Bauwerk schaffen. O Du würdest es nicht dulden dass ich an Dir verzweifle. Du würdest selbst – nicht schwankend werden

Einem ewigen Stimme gleich sagt es mir und drückt mich um Dich und Deine Kraft —— um Dich und Deine Macht. Was ist mir die ganze Welt – das ganze Sein wenn Du mir strahlst, wenn Deine heilige Kraft mich segnet. O

Lili ...

Liebst Du mich noch – fühlt Dein Herz noch für uns und unser Werk?

Komm bitte bald
und lass uns nicht
nicht auseinander
gehen.

[signature]

5. März 1925
Pavillon des Amazones
12 h.

Dir
möchte ich heute so viel sagen,
Dir
Du goldenes Antlitz,
Dir
möchte ich zu Füssen knien,
und meinen Blick nach Deinen Höhen
richten.

Dir
goldenes Antlitz
gehört mein Leben, mein Werk,
und Du nur
bringst Sonne mir und Glück.

Hanak
22. März 1925

Lili !!!

Sollst nicht so ängstlich schauen
nicht Dein Antlitz mir verhüllen.
sollst nicht traurig in die Zukunft
blicken.
Nicht Tränen sollen Deine Augen
trüben,
nicht klagen soll Dein Herz,
nicht bangen aus dem Schlaf Dich
wecken.
Sollst glauben noch und hoffen,
mit mir ein hohes Ziel erstreben,
sollst dulden noch und tragen
was uns so hart von Gott beschieden.
Nicht grollen ob des Schicksals Härte
nicht niederbrechen das seltene
Glück.
Ein wenig hat es oft geschienen
so oft als Du zu mir gekommen, ein
wenig hat es Dir geleuchtet, wenn
Trennung uns so hart betrübt.
Ein wenig leuchtet es noch hoch
über uns — wir wollen und müssen
es mit uns vereinen.

Slamak

Wien 4. April 1925 Pavillon des Armadenis 5h

Lilli!

Heute scheint das goldene Antlitz
sonniger als die letzten Tage der
Weg zu meiner Werkstatt war so
selten verklärt. Hinter den grünen
Frühlingsreben habe ich Dein Antlitz
Deine Gestalt gesehen — und der
Gesang der Jubelnden war mir Deine
Stimme.

Ganz langsam durfte ich gehen, um
schon endlich einmal rasten. Schon
lange nicht mehr war dieser Weg
mir so erhebend und verklärend wie.
Du bist mit mir gegangen ~~~~~.
Jetzt habe ich alle Fenster geöffnet
dass die Frühlingsluft auch die Werk
statt verjünge —. Nur die Sonne
kann nicht herein — ihre Richtung
kennt den Norden nicht; vielleicht
auch mich nicht. So schreibe ich
einen Morgengruss an Dich Du goldenes
Antlitz und beginne mit diesem mein
Tageswerk.

Guten Morgen!!

9. April 1925
Pavillon des Amateurs.

Endlos

ist die Zeit da ich bei mir warte – da ich auf Dich warte: endlos! Wo bist Du?

Einem Gefängnis gleicht mir alles wenn ich Dich nicht sehen – nicht hören darf.

Mein Kopf hat jedes Gleichgewicht verloren – meine Augen sehen nichts – meine Ohren klingen als wäre ich im Meer ertrunken.

Wann kommst Du?

Bringst die Freiheit – die Freude? Mir dem vogelkranken – dem Verbrannten?

Heute ist wieder solch ein Tag wo ich nicht gehen – nicht stehen kann – wie einem Stecken gleich zur Erde falle.

Wer rettet mich noch? die Doktoren? Können die meinen Kopf öffnen? um die schadhaften Stellen auszuwechseln?

Wer rettet mich — Willi R.

14. April 1925
2 Uhr ...

1. Mai 25

Bin um 3½ h Nachmittags hier gewesen — habe bis ¼ 7 h Abends gearbeitet.

Die gestrenge Herrin kommt morgen Samstag Vormittag. Ich glaube dass ich nicht kommen werde — da ich doch das Geschehene sofort verarbeiten muss und falls sie erst Montag kommt — ich sicherlich auch Sonntags arbeiten muss —.

es muss ja sein — denn einmal muss diese Figur doch fertig werden.

Ich schreibe Dir jetzt Freitag Abend 7 h und am Himmel stehen fürchterliche schwarze Wolken als müsste es hageln oder ein Gewitter mit Wolkenbruch müsste niedergehen auf dass die Menschheit zu sich kommen und beten lerne.

Ich schreibe Dir und wollte ich könnte es Dir selbst sagen, doch Du sitzest sicherlich beim Radioapparat und würdest mich gar nicht hören und ich müsste ruhig sein und nichts reden.

So sende ich Dir einen schimmernen Gruss

Hallo Hallo !!!
Welle 530 Wien II
Amateurpavillon.

Anton Hanak spielt seit einer viertelstunde Guitarre und singt dazu.

Lieder an eine Entfernte ~~
Seufzer an eine Göttin ~~
Klänge an die Zukunft ~~
Ständchen an die von Gott gesandte.
Liebes lieder zu Füßen des — goldenen Antlitzes. —

~~~~~~

Hören Sie gut — singe ich nicht zu leise — zu wehmütig ? ? ?

~~~~

Zum Abschied noch die Ballade von den zwei Kindern die nicht zueinander kommen konnten.

Auf Wiederhören
Morgen Samstag.

AH Hanak

1. Mai 25 ¾ 7 h abends

Bitte!!!

Sie kommt wirklich nach-
mittag 3 h mitsammt
diesem Verwandelten zur
Kritik des Figaro dann
scheinbar nicht mehr vor
Verjahrt.

Um 4 h muss ich am Platze
sein was dann ist ganz un-
bestimmt.

Herzlichen Gruss [illegible]
Dein [illegible]

[illegible]

17. Avril 1965
Pavillon des amoureux.

Ich bin so müde – vom Wasser das zu meinen Füssen rauscht, das an dem Felsen der mich trägt strandet.
Ich bin so ungeduldig und meine Augen können kein Ziel erspähen. Du bist so weit von hier, bist sicher auch wach – doch bist Du nicht sichtbar mir und meinen Augen. So irre ich dorthin nach den Felsen und Bergen – zur schlafenden Griechin und sehe dass Du es bist die dort ewig ruhet und träumet.

GMUNDEN DIE SCHLAFENDE GRIECHIN

Und wenn die Berge glühen im Abendrot – dann lebst Du sicher Du steinernes Bild – und bist nicht kalt.

22. VIII. 25

Lilli!

Einen Kuss muss ich Dir noch geben
bevor ich schlafen gehe, einen lan-
gen - langen Kuss - der die ganze
Nacht dauert - und den ganzen
Tag bis in alle Ewigkeit. Es ist ein
Wahnsinn von mir mich von Dir
zu trennen - dich allein zu lassen.
Ich kehre um heute noch - zu Dir
und nie mehr fort. Komm her
in meine Arme an mein Herz
und fühle wie unregelmässig es
hämmert - weil es verstimmt
auf dass es ohne Dir nicht voll-
kommen sein kann. Es ist ein W
Wahnsinn von mir - nie mehr
und wenn es das Leben kostet -
Es wird immer ärger diese Abhän-
gigkeit von Dir aber ich kann nicht
mehr anders. Gib mir einen
Kuss - lache mich an und sei das
sonnige Licht das uns Beide so ver-
klärend aufwärts trägt. Reich
mir Deinen Arm und lass mich
mit Dir träumen bis die Sonne
uns weckt.

22. VIII. 1925
11 h Nachts
Gmunden

* * *

## Manchmal

habe ich böse Träume und wache erschreckt auf, habe ein sonderbares Rauschen und bin schwindlich. Dann taucht Deine Gestalt vor mir auf, Dein Gesicht, dann spreche ich zu Dir und Du antwortest nicht. Dann schlafe ich wieder ein und Du stehst weiter vor mir im Traum und giebst keine Antwort. Vieles will ich sagen und von Dir hören — Du schweigst und ich werde unruhig — grausam — bis ich wieder wach geworden. So war es auch heute. Dann kam Dein Brief — dann standst Du wirklich vor mir und Deine Stimme klang so traurig — so sehnsüchtig — so klagend — und weinend. Und meine Arme haben Dich fest umschlungen — Dich an mich gepresst —. Es war so erlösend — erleichternd — es kam ein Hoffnungsstrahl über uns — ein Sonnenstrahl. Bald — bald —, bald wird es sein, das Leben voll Glück und Sonne —, es darf nicht immer so traurig sein. Und wieder war ein Traum beim vollen Wachsein, wieder bin ich allein und Du — bist es auch. Vielleicht schreitest — oder wandelst auch Du unter Bäumen in einem Garten, hast die Arme am Rücken gefalten [?], Kopf zu Boden gesenkt, wisperst leise ein Wort, einen Namen — den der Wind Deinem Herzen entreisst und weit weit forttragt. Wie lange noch — wie lange noch ...? Und die Wellen schlagen an das Ufer und ein Schwan lässt sich treiben — und sieht so verträumt umgeben aus, als gäbe es keinen eigenen Willen — nur das Schicksal allein —.

24. VIII. 25.
Gmunden

Alles ist unverändert die Patientin noch immer unsichtbar. Heute oder längstens morgen Mittwoch bestimme ich meine Abreise. Ich träume mir mehr von meinen Arbeiten – von Zwischenfällen und Änderungen und bei Tag bin ich doch schon mehr in der Werkstatt als hier in schöner Gottes Natur. Ein anderes mal stelle ich mir das Rasten richtiger vor – und darf ich in dieser Zeit keine verantwortungsvollen Arbeiten begonnen haben. Jetzt schlägt die Uhr 8 Frisch gebadet – gewaschen – bürscht und kampelt sitze ich schon am Schreibtisch und nach dem Frühstück gehe ich gleich zur Post und gebe diesen Brief auf. Mir selbst dürfte die Post nichts mehr bringen. Lilli's Brief am Samstag war wohl der letzte, denn jetzt wartet sie schon auf telefonische Nachricht. Ich glaube dass es diesmal ganz gut gelungen ist Anton Hanak von der Außenwelt abzusperren. Dafür wurde er immerhin umso enger an Lilli, das Urweib gefesselt – sagen wir geschmiedet.

1. IX. 1925

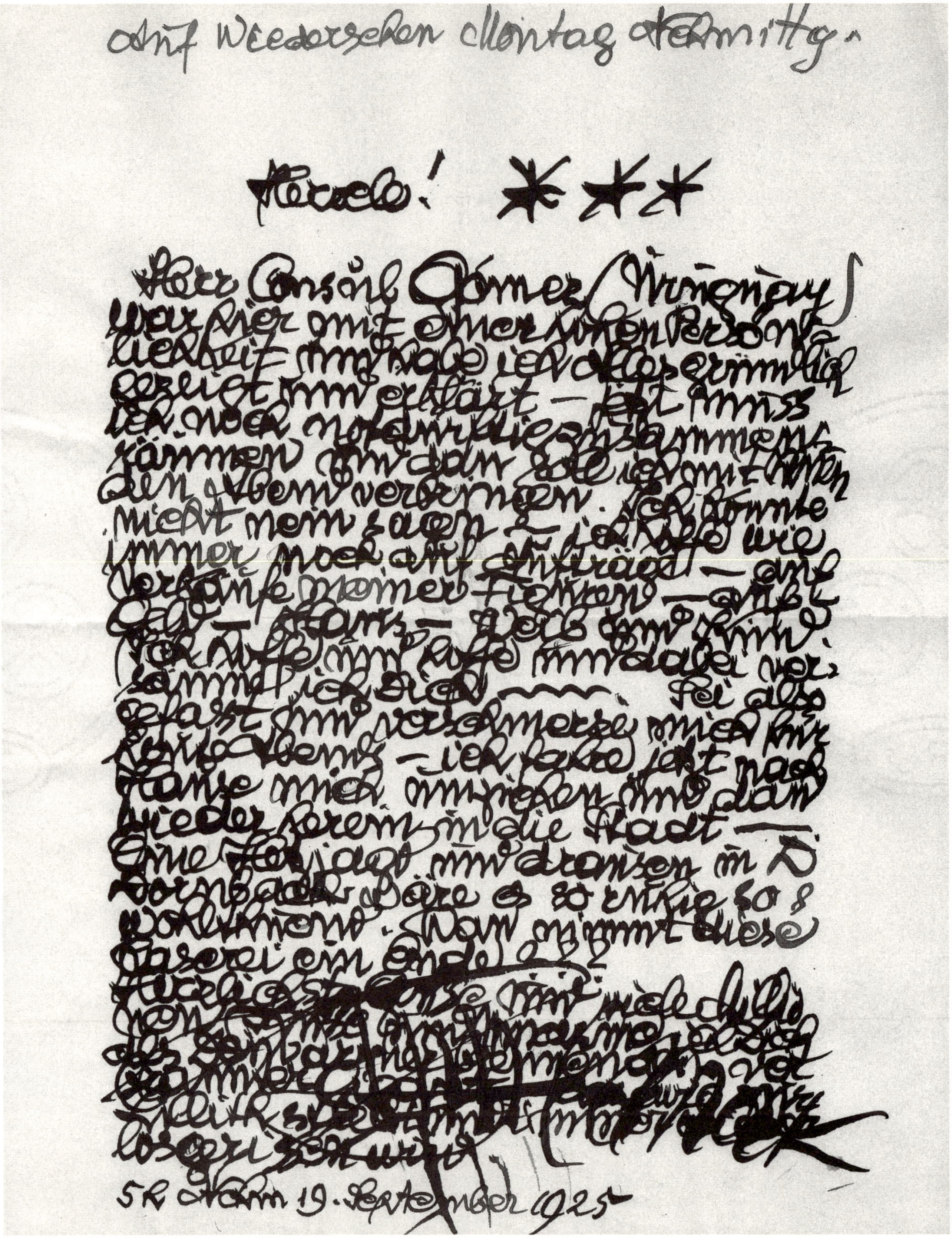

Auf Wiedersehen Montag Nachmittag.

[illegible]! ★★★

Herr Consul Gomez (Uruguay)
[illegible]

5h Nachm 19. September 1925

Gott
erbarme Dich
eines armen Bildhauers *
der hier auf Erden zu Deiner
Ehre – gelebt – gelitten – und
geschaffen hat,
und des göttlichen Weibes
das Gott zu ihm gesandt – *
auf dass es ihm beistehe und sein
Werk ewig jung gestalte.

Hanak
Lilitkoenig

24. Dezember d. J. 1925.

Heute
am Tage des Rückblickes,
wo glaubten wir uns zu stehen,
wo hat uns des Schicksals-
Strenge hingestellt?

Morgen
am Anfange des neuen Jahres,
wo wollen wir hin?

Heute
wollen wir nicht traurig sein
nicht verzagen,
wir haben so viel erreicht
soviel ertragen,
wir haben den Weg uns freier
gemacht den uns das Schicksal
so gründlich verschüttet.

Wir wollen
nicht kleinlich ängstlich sein
da das Heute [illegible] uns grüsst,
wir wollen nicht [illegible] wünschen
wir wollen unsere Herzen vereinen
im seligen Erwarten,
im Hoffen
auf das göttliche Glück.

Hanak
31. Dezember 1925

Heli!

Ich muss leider hier mit.
Dr. Trenkle um [illegible]
etwas besprechen und komme
da ich erst um 4½ kam.
Das Telefon ist leider schwer
den [illegible] gestört.
Ihr [illegible] möchte ich noch
vorschlagen dass wir uns erst
½7 bis 7½ abends beim
[illegible] treffen.
[illegible] oder 37 38 39 40 41 42
[illegible]
Vielleicht kommt [illegible]
noch rechtzeitig in den Prater
ich will später bis 6h vom
Prater fort um um ½7 —
längstens [illegible] zu sein

[illegible]

10. Februar 1926

Zu Willis Geburtstag.

Die Tage des Frühlings sind es
die uns geboren.
Die Tage des Frühlings sind es
auf deren Gründe
wir wachsen und blühen.

Die Tage des Frühlings sind es
die unsere Hoffnung begleiten,
die unsere Träume
in die Zukunft führen.

*

Ostersonntag
den 4. April 1926

[illegible]

Willi!

Ich schreibe Dir innigste Abschieds-
grüße. Lebe wohl falls wir uns
nicht wiedersehen sollten — denn
wie Du weisst verlasse ich bei der
Nation Abendfahrt Europa und
betrete den Boden Asiens und
man kann nicht wissen. Vielleicht
unternehmen irgendwelche auf
eigene Faust operierenden Truppen
einen Großen Ausflug gegen das
Frankenland — und ich werde da
ich merkwürdig aussehe als Geisel
für die Juden — aufgehängt.
Also nochmals — lebe wohl —
auf Wiedersehen und denke nicht
böse über den armen Afrikaner
der hier auf Erden — gelebt —
gelitten — und wird die Gnade
Gottes und Allahs gesehen hat
seine göttliche Flamme
amen

[illegible]

Wien
17. April 1926

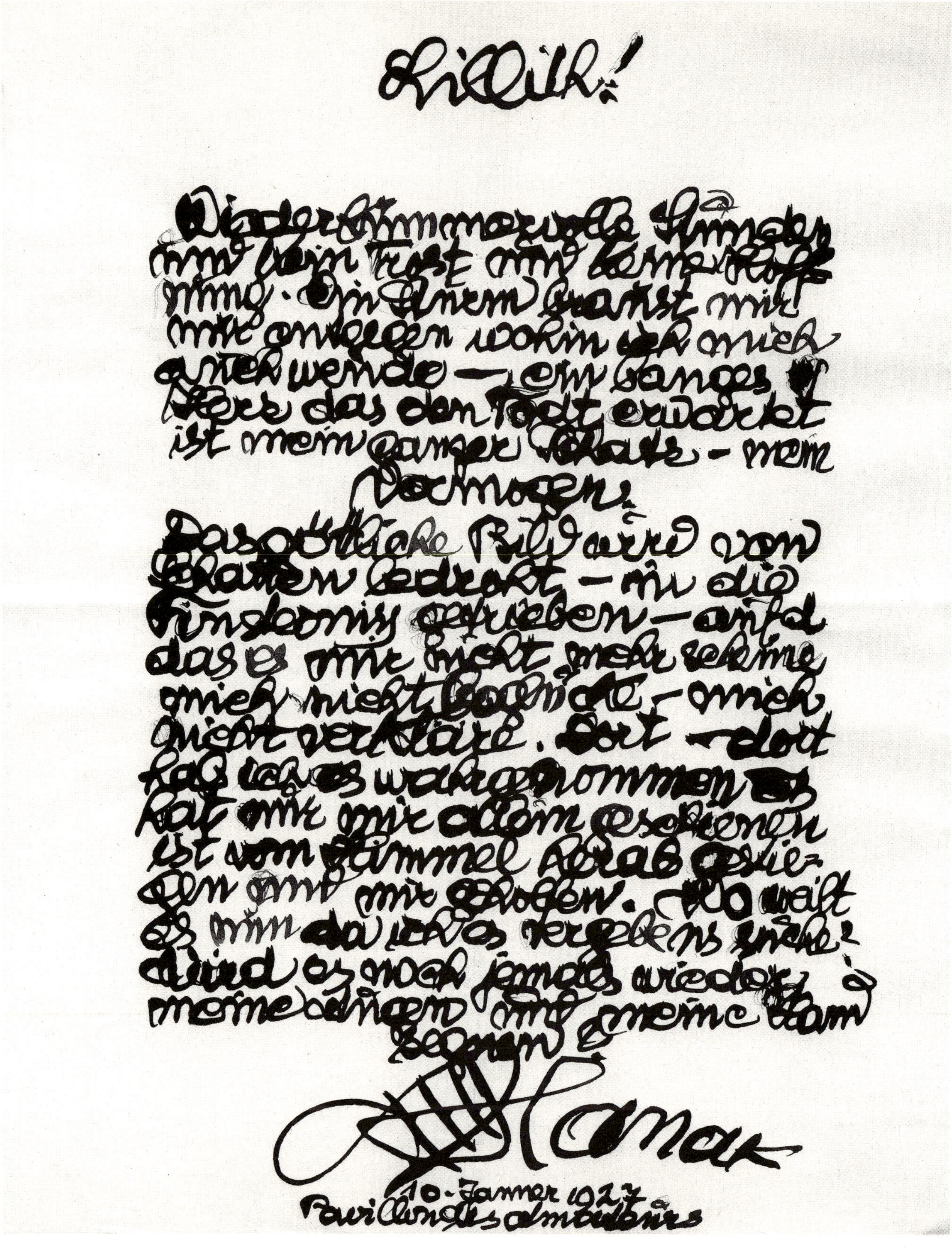

10. Jänner 1927
Pavillon des Ambassadeurs

Ich habe mich gewehrt — habe
wild um mich geschlagen, habe
zerknüllt und damit mein kost-
bares Gut — mein einzig Glück
erschlagen.
Nun knie ich vor Dir und bitte,
um einen Blick — aus Deinen
Augen — aus Deinem Herz.

26. I. 27
Pavillon des Amateurs
9h Morgens.

Liebster Willi !!!

Verlebe – Bin am Freitag noch so
mit [illegible] nach [illegible]-
dorf gekommen. War Samstag
und Sonntag nicht aus dem Hause.
Möchte Dich gerne sehen und wegen
möchte wissen ob ihr alle wohlbehal-
ten seid. Kannst Du es wagen heute
in den Prater zu kommen? Soll ich
nicht lieber vielleicht Morgen Dienstag
zeitlich Nachmittag kommen? Bes-
ser Du könnte schon in den Prater voll-
dar zeitlich – damit wir zeitlich weg
gehen – den Abends – ist es noch
unsicher ... 2 1/2 Stunden zu Fuss muss-
te ich am Freitag gehen – dabei die
Kreuzfeuer gegen – Favoritenplatz
am Gürtel kreuzen. Es hat noch
nicht sein wollen dass eine Kugel
mein Herz durchbohrt wie an der
gleichen Stelle die Herzen der beiden
Sicherheitswachrevierinspektoren.
Natürlich die Kugel käme für mein
Herz schon zu spät denn es ist schon
lang durchbohrt durch den Pfeil
Willis des ewigen jungen Weibes
das dem Leben

[illegible]

allein das verdiente Ende bereitet
18. Juli 1927

Gmunden 5. September 27
Villa Toscana.

Grosses Kind!

Du wirst sehr bange eine Nachricht erwartet haben – umso mehr als ich Samstag so rasch und erregt davongelaufen bin. Aber ich hatte um diese Zeit schon 38° Fieber und wahnsinnige Schmerzen im Hals. Nun ist hoffentlich wieder alles vorbei und ich werde bald wieder ganz hergestellt sein. Hier bin ich gut angekommen und benütze die ersten Stunden dazu um Dir gründliche Nachricht zu geben. So war ich gleich auf der Post und habe ein Telegramm aufgegeben, habe Papier gekauft und Tinte und ich schreibe und schreibe. Hier ist alles unverändert und nur das Strandbad bewegt die Gemüter die sonst sicherlich eingeschlafen wären. Gmunden ist berühmt dafür und vorbildlich. In der Villa ist alles ausgeflogen weil ich eben telegrafierte dass ich erst Dienstag komme (Dachsteinpartie) so bin ich ganz allein und bin darüber glücklich. Du stehst neben mir und ich erzähle Dir meine Erlebnisse, Du lächelst mich an und ich bin ganz gesund. Es ist so merkwürdig aber ich habe schon Heimweh und bin unglücklich über unsere Trennung. Diese Woche hast Du sicher viel zu tun wenn Grete und Ernst ausziehen – auch viel Mühe dazu – aber so ist einmal das Leben. Die Jugend macht sich selbständig und verlässt das Nest der Alten. Ob wir noch dran kommen – und selbständig werden. Wir – die Verirrten?

Herzlichste Grüsse und Küsse Dir Du goldenes
Anka

Herzlichste Grüsse Allen Mama Papa Ernst Grete

Lilli !!!

Ich habe geschworen ich fahre ohne Dir nicht mehr fort und dabei bleibt es. Es heißt nichts – gar nichts – und am allerwenigsten kann ich mich auf mich ganz allein stellen. Wieder muss ich einsehen wie ich von Dir abhänge wie ich in einem Hörigkeitsverhältnis zu Dir stehe – wie Du einfach über mein Leben und Tod gebietest und Du ein Ungeheuer bist das Du mich so vernichtet – so verliebt gemacht hast und ich armer Bildhauer nur mehr Deine Formen sehe und alles was ich forme Dir ähnlich sieht. O Herr erbarme Dich eines armen Bildhauers und gebe ihm die Gnade dass er Lilli zu seinem Weibe macht und mit ihr ein Dutzend Kinder zeugt und sich so rächt an diesem Weibe das an allem Schuld ist. Wäre ich nie Lehrer geworden – nie nach Wien gekommen wäre ich ein Gigant geblieben. Aber dann würde das Leben nichts heißen dann würde ich herum rasen und nach der Lilli – dem göttlichen Weibe rasen und flehen und wäre so wie heute und dürfte gar nicht anders sein ich würde ihre Lippen küssen ihren ganzen Leib und wäre der verrückteste Bildhauer der Welt

10 Hanak

Gmunden 7. September 1927

Großes Kind
mit dem goldenen Antlitz.

Eben ist Dein Brief gekommen und umarme ich Dich gleich zu Beginn so wie Du mich zum Schluss. Dass Dir Hören und Sehen vergeht! Ich sehe Dich in der Messe herumstiefeln – mit Deinem Augenglas Einzelnes über die Zeit lange betrachtest und was das Schönste ist nicht angebrüllt werden nicht zur Hast angetrieben werden. Ob Du eine Chokolade oder ein Eis Dir gekauft – oder gar ein Gläschen Wermut oder Champagner? Und so steige ich Dir jetzt im Geiste nach und es pocht mir das Herz vor Aufregung und Sehnsucht und erfasse Deine Hände und küsse Sie – dann Deinen Mund und Deine Wangen und dann werde ich verrückt und entführe Dich um nie mehr von Dir getrennt zu sein ~~~

Den weiteren Inhalt des Briefes will ich aufklären – der 70 jährige ist Max Klinger der zwar schon gestorben ist aber keiner den – seinen 70ten Geburtstag feiert weil seine Werke eben weiterleben und die Menschheit den Meister das heißt die göttliche Schaffenskraft ehrt schön gesagt nicht wahr? Was wirst Du für Augen machen wenn mein 70 Geburtstag in einem Rätsel-Blatt der Dame oder Bühne erscheint mit der Aufschrift – Wer ist das –? wenn ich bedenke dass – Ich schreibe es lieber nicht aus und kehre lieber zu Dir zurück in Deine göttlichen Arme in Deine göttliche Macht und Gewalt und lasse mich forttragen für immer – für ewig in einem so seligen Kuss.

Hanak

~~Wien~~ Gmunden 9. September 1927

An das goldene Antlitz

Gebe ich die Nachricht dass sich der Auf-
enthalt hier vielleicht um einige Tage ver-
längern kann. In Gmunden ist herrliches
Wetter und jeder Tag bringt mit den so-
ken (allerhöchsten) Besuchen anregende
Abwechslung. Nach den neuesten Combi-
nationen wird die Autofahrt erst Freitag
oder gar Samstag unternommen und
aus Wien wurde mir die Correspondenz
soweit ihre Absender unklar waren
nachgesendet – darunter war aber nichts
von besonderer Bedeutung. Nun habe
ich gebeten Frl Rothstein vorderhand nichts
nach zu schicken. Jetzt ist es 3 h nachmittag
ich werde – muss in die Stadt und bald
wieder zurück. An Bekannten habe ich auch
viele gesehen – manchen konnte ich nicht
ausweichen. Die Amsterdamer besonders [illegible]
haben scheinbar hier eine Zusammenkunft
4 Mann hoch habe ich schon begrüssen müssen
Doch habe ich die gute Ausrede gefunden
zu sein und als er kam als das [illegible]
die Villa nicht verlassen zu dürfen. So
bleibt mir manche Drahrerei erspart –
Ansonsten ist Gmunden bereits im Zustand
der Sich-zur-Ruhe-Gebens. [illegible]
scheinbar alle Sommergäste [illegible]
[illegible] – Lilli das geht nicht
ich gehe ja zu Grunde und wir werden nicht
zu [illegible] – nichts zu lassen haben –
Herzlichste Grüsse [illegible] – Der dann noch
[illegible]

Hanak

Gmunden 14. September 1927

Innigstes Kind —!
Goldenes Antlitz —!
[illegible] Weib —!

Du hast in Allem recht ich bin nun gekehrt und werde Dir folgen. Ich habe sicherlich wie ein Provinzprofessor — irgend eines kleinen Ländchens ausgesehen — vielleicht Dornbirn in Vorarlberg. Aber dieser Provinzprofessor ist trotz seiner Unscheinbarkeit Minister für Unterricht in Wien geworden. Der [illegible] [illegible] — und so weiss ich dass ich nicht drankomme und gescheit — glaube ich war ich auch nie. Aber verliebt glaube ich bin ich nun zwar unheilbar und aussichtslos. [illegible] beginnt der [illegible] und freue ich mich schon sehr darauf. Alle sagen ich sehe schon viel besser aus — doch ich fürchte dass meine [illegible] Gestalt in Gefahr ist denn ich fange an dicker zu werden —. Bis ich [illegible] weiss ich nicht und so packe ich jetzt auf jeden Fall den grossen Koffer der mir ja dann überallhin nachgeschickt wird. Nachricht wird mich hier also keine mehr erreichen und werde ich Dir von irgendwo unterwegs Nachricht geben. Ich denke wohl an Frau [illegible] — vielleicht führt mich das Auto in die Nähe? Dein Plan mir entgegenzufahren? Fährt Grete und Ernst — ? Ich hoffe Dir bald den genauen zweiten Teil meines Urlaubes zu entwerfen und Deine Stimmung zu erreichen. Bis dahin innigste Grüsse [illegible] daß wir beide die Besinnung verloren —!

Hanak

Gmunden 16. September 1927
Villa Toscana

Lilli!!!

Wieder ist ein Jahr vergangen
und ein neues beginnt.
Diesmal will ich mich nicht
neben Dich stellen und laut
beten dass es endlich einmal
anders wird, dass wir endlich
zusammen kommen. Der
Hindernisse werden immer
mehr – der Jahre auch und
unsere Kraft geraten ins
Schwanken. Noch glaube ich an
meine Kraft an unser Glück
noch sehe ich einen Weg
uns das Schicksal hilft oder
uns weiter hindert die Hoffnung
hat mich noch nicht ver-
lassen und so glaube ich nach wie
vor an Deine göttliche Kraft auf
Deine ewige Treue. Du selbst
weisst wie weit du mich gebracht
Du darfst nicht verzagen wenn
der Weg nur mehr steinig und
dornenvoll ist.

Hanak

31. Dezember 1927

Liebste Lilli liebes Kind sei
innigst mit ganzem Herzen gegrüßt
und vernehme mit mir daß mei
ne Hoffnung wieder wächst und
wir wieder glauben dürfen daß wir
werden weiter zu streben und zu
schaffen — höher zu steigen und
nicht verzagen.

Hier wird bis zum Samstag den
12. August geblieben und könnte
mich eine Nachricht von Dir noch
erreichen. Also raffe Dich auf
und schreibe mir wie es Dir geht,
und danke ich Dir herzlichst da
für — für Alles — für mein Leben
das mir Du erhältst

Viele innigsten Küsse und nochmals
an mein warmes Herz presse ich
Dich und bin Dein immer
Dein

Hanak

Zermatt 6. August 1928
Hotel Zermatterhof Schweiz

An Lillith, die Unbesiegbare,
ewig Thronende.

Wieder stehe ich vor Dir und bin müder denn je – fast zu Tode gehetzt. Ein volles Jahr dauert immer der neue Lauf den ich immer wieder unternehme der mich zum Äussersten hinreisst. Nun hoffe ich wieder aufs neue und trete den nächsten Lauf an und nehme nicht Rast – nicht Ruh. Einmal muss das Ziel erreicht sein. Es winkt schon viel näher – und fast scheint die Sonne schon um uns zu grüssen in ihrem Reich zu empfangen. Wie weit wir schon vorgedrungen – wie lange noch der Weg sich zieht – oder ob nur noch mehr ein Graben ist den wir überspringen müssen. Wird dieses Jahr uns erlösen – ans Ziel bringen – wird unser Traum zur Wahrheit. ? ? ?

Wir fragen nicht mehr – wir schreiten zu und sehen nichts als uns – und unser Ziel und bauen und bauen.

Hanak

31. Dezember 1928.

Lainz bei Wien, Krankenhaus der Stadt Wien 31. Mai 1929

Liebste Lillyth!

Also ein kleiner Rückschlag und meine Hoffnung auf heute – und morgen ist untergraben. Heute Freitag, so dachte ich mir – bis morgen Samstag Mittag. Aber der Herr Professor Reiter hat mich noch etwas besonderes verschrieben und das muss ich noch in der Spitalsruhe einnehmen. Langsam verliere ich die Ruhe und werde nervös und fange zum toben an. Aber es nützt mir nichts. Wie ein Löwe im Käfig muss ich Kopf und Schwanz einziehen und ohne Gebrülle mich vor den Gitterstäben hinlegen. Wie schön wäre es im Prater in meinen verwaisten Ateliers – unter meinen geliebten Schülern.! (Vielleicht wird Lillyth Bös ausstossen).
Da könnte ich mir jetzt einen guten schwarzen Caffe kochen lassen und bequem im Fauteuill sitzen und sogar ein Gläschen echten französischen Cognak trinken. So habe ich hier eine neutrale Spitalkost heruntergewürgt und muss dazu Wasser trinken. Was wird noch alles mit mir geschehen in diesem verflichten Jahr? Aber Samstag Mittag muss es sein da muss ich draussen sein aus diesem Gefängniss.

Also: Samstag Mittag soll ich (gesund?) entlassen werden.

Ich gebe gleich telefonisch Nachricht.
Montag so Gott will Vormitt. im Prater.

Herzlichsten Dank armes schwergeprüftes Weib und auf baldiges Wiedersehn. Viele Handküsse

Hanak

Liebe Lilli!!

Es ist wieder Weihnachten geworden, und wieder einmal ist es mir sehr bange. Bange um meine und Deine Zukunft.

Nichts will gelingen —, über meinen Arbeiten lastet ein Fluch —, sie wollen oder können nicht fertig werden.

Alles ist gegen mich —, gegen uns gerichtet, nirgends ein Hoffnungsstrahl; alles schwankt mit mir zur Erde — als müsse es mit mir fallen — mit mir untergehen.

Du allein stehst noch aufrecht, hast den Mut —, die Kraft —, die Hoffnung —, Du schreist noch auf —, willst dem Leben — dem Schicksal gebieten.

Lass mich heute bewundernd vor Dir stehen und Dich bitten nicht schwankend werden wie ich es geworden — sondern aufrecht zu bleiben —, zu hoffen, zu gebieten und aufzuschreien damit auch wir einmal erhört werden.

Lass mich Deine sorgsamen Hände küssen und Dir vom tiefsten Herzen für Dein Leben —, für Deine Opfer danken.

Planat

Wien am 23. Dezember 1929
Pavillon des Amazones!

Lilli !!!

Es sind keine Briefe gekommen – N
kein Tandler – kein Maggen nichts.
und dann sehen noch keine Nachricht.
Mit dem Lesen des Passes beginne ich
erst am Montag. Zeit genug da es
dann so schnell geht. Den Frühling
muss ich trotzdem ein bissl absagen
Dir kaltes Weib geht es gut? Ich
hast zwar noch nicht genügend gesch
len – und vielleicht die Tippen wer
den Dir ein wenig weh tun von dem
vielen reden – tratschen – tippeln
zwar tippeln – ich bin nicht mit
Ham und so weit. In keinen Gemm
Woche um am 19 – 20. oder 21. oder
22 ten wenn ich geändert ankomme.
Soll ich wieder zum Sammeln anfan
gen ? Nein – diesesmal vermeide
ich verrückt zu werden. Es
mir gelingt. Jetzt trinke ich
allein mit dem Dackel einen Thee
und rauche dann ins Bett. Vielleicht
wird mit mir [illegible] bei Tanser
den Abgespriek abgeben ; (Jetzt tippelt Du [illegible])
Also auf Wiedersehen !!
Handküsse und herzlichste Grüße
etc – und dem Ehepaar Wache?
Verrate ja niemandem dass ich
komme !!

[illegible]

Wien 13 März 1930

Silvester!!!

Sollen wir noch hoffen – in
diesen letzten Stunden eines
Jahres voll schwerster Enttäuschun-
gen?

Können wir noch Wünsche haben
die uns über das schreckliche
Leid erheben und auf die ersehnte
Insel setzen?

Können wir alle Hoffnungen
begraben?

Kann nicht doch ein Morgen
kommen – die Sonne auch
uns scheinen?

Wer beantwortet uns diese Fragen!
Vielleicht Du – ich fürchte mich
niemals und tappe krampfhaft
in einem leeren Nichts.

31. Dezember 1939
Bouillon des Amateurs

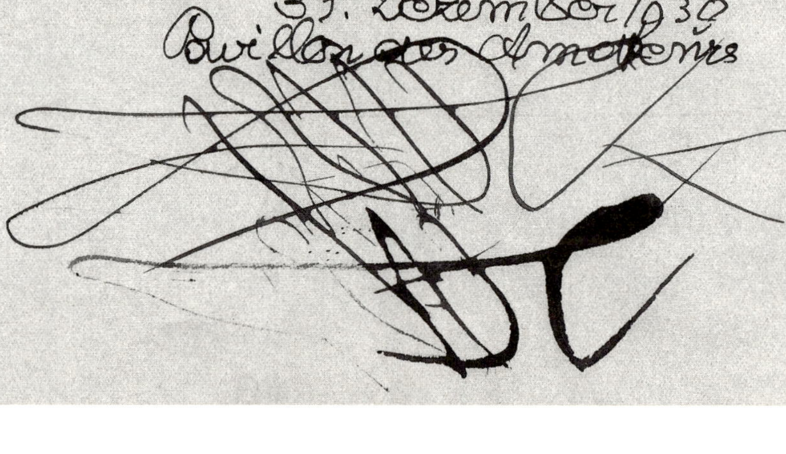

Liebe Lilli!

Diesesmal bin ich sehr zerfahren und unsicher und getraue mich gar nicht in der Zukunft zu denken –
Alle Träume enden anders als ich oder als wir erwarten und erhoffen.
Soll es wirklich nichts mehr geben?

Um ½ 2 fahren wir der Quiste und das heisst wir treffen uns in der Stadt und er hat alles schon vorbereitet.

Die heilige Nacht war besser als die gestrige – und glaube ich dass ich eine regelrechte Influenza bekomme.

Diese Vase ist die schönste die Podzimek bis jetzt gemacht hat und möcht ich dieselbe für Dich haben. Auch habe ich über die Zuckertasse mit ihm gesprochen und wird er dieselbe laut Muster machen.

Also: Herzlichste Weihnachtsgrüsse
Dir und Deinen Eltern
Ernst und Grete

Auf Wiedersehen am
Montag – 28. Dezember
Gleich wenn ich ankomme melde ich mich.

Viele [illegible] Weihnacht [illegible]

Wien 24. XII. 1931

Willi!!!

Es ist diesmal so traurig – so einsamm ——
Ich kann's gar nicht fassen dass es gar nicht mehr
anders sein soll. Was wollen die Ärzte eigentlich
mit mir? Langsamm werde ich unruhig
weil ich täglich frische Krankheitserscheinun-
gen beobachte. Meine Nerven werden immer
unberechenbarer – jetzt stockt die ganze
Maschine trotz Injektionen und Tabletten ——
Ich liege im Bett und warte und warte
auf was denn?? Sollte ich nicht davonlaufen?
Laufen und rennen bis man irgendwo zusam-
menbricht. Gerade so wie der Assyrische Löwe?
Abendläuten höre ich und wische mir den
Schweiß von der Stirne – vom Hals und eine
nasse [illegible]. Athemnot seit der ersten Injektion
und schlaflose Nächte. Wie wird es heute wieder
enden? Könnt ich bei Dir sein in Dornbach
in Deinem grossen Zimmer neben dem [illegible]
sitzen. Hörte ich Deine Stimme die mich fragt
die mit mir schmollt. Zu streiten sollst Du
mit mir – damit ich aufwache, lebendig wer-
de. So geht es nicht weiter – ich kann – ich mag
nicht mehr.

Jetzt betet die Klosterfrau das Nachtgebet.
Laut damit es alle Patienten vom Gange
hören.
Ich will andächtig zuhören und halte fest
Deine Hand und bitte zu Gott: Lass uns noch
lange beisammen und trenne uns nicht
wie im Leben so im Sterben.

Herzlichste Grüße
innigste Umarmung
Dein
[signature]

Wien 26. Juni 1932
Krankenhaus der Stadt Wien
Abt. Prof. Carl Reitter
8h Abends.

Liebe Hilli
Liebes Kind
Liebe Schülerin.

Hier ist Alles anders – so ganz anders.
Ich bin hier nun noch mehr verloren und
begreife wenn man von hier aus in die Berge
wandert und nie mehr zurück zu kommen
Wir fuhren im Auto weit in die Landschaft
wo es keine Strassen mehr gibt – keine
Bäume – nur noch wüstenähnlichen
Boden den sicherlich 2000 Jahre kein
Mensch mehr bearbeitet hat.
Man ist nicht mehr da – in dieser grossen
Natur – in diesem Hügelland – in dem
man das alte Testament auf Schritt und
Tritt lebendig vor sich sieht – und fast
scheu wie auf einem kostbaren Teppich
geht man weiter – und weiss nie wohin
der Weg führt. Hier begreift man die
grossen Träumer und Weisen –, die Prophe-
ten König David und Salomon – und
all die Rebekkas – und Rachels man be-
gegnet ihnen und sie werden nie sterben.
Und wie sie so auf den Eseln reiten mit
all dem Gefolge das unverändert geblieben
nur ein bis-chen zer-rissen ist. Die alten
Wagen mit den Vollrädern die – Nachtigal-
len genannt werden – weil sie so sin-
gen – nämlich nie geölt werden. Und
diese Musik ist die tausend und abertau-
send Jahre alte Melodie die noch tausend
Jahre nicht verstummen wird. Es war viel-
leicht zu viel in diesen wenigen Tagen was
auf mich so überwältigend gewirkt hat
ich fühle dass hier jede Schilderung versa-
gt. Nur fühle ich – dass ich nicht
mehr der alte Anton Hanak bin.
Diese Eindrücke werden mich immer be-
gleiten und Gott will schreibest du
mit mir, liebstes Kind dem ich Alles – viel-
leicht mein Leben danke.

Hanak

Ankara Oktober 1932

Liebes Lillichen!

Es ist nicht so einfach hier – vor Allem
fehlen hier Papier Tinte und Feder –
Mit meiner Gesundheit gieng es 8 Tage
dann musste ich zum Arzt und dieser
ist sehr zeitgemäss geschult und hat ein
sicheres Gefühl für den Ursprung meiner
Kraft – und verabreichte mir zwei Inject
Injektionen. Jetzt geht es wieder nur ist
es hier wieder so warm – dass ich fürcht
bar schwitze. Heute ist ein Föhn – und
bin wie in einem Dampfbad. Die Denk
mal angelegenheit dürfte nun endlich
erledigt sein – (werden) und haben wir
die Kritik der Minister als sehr gründ
lich und weiter bauend empfunden.
Heute ist Mittwoch und besteht wenig
Hoffnung dass wir bis Sonntag mit
Allem fertig werden. Ich werde zur
Sicherheit Ansichtskarten schreiben.
– unsere Abfahrt genau angeben.

Eben werden wir wieder gedrängt
aufbrechen und weiter fahren.

Herzliche Grüsse
viele innige Grüsse
Dein

Ankara Oktober 1932

Lilli !!!

ich lebe noch ——

Hoffentlich komme ich wieder auf die Beine

Herzliche Grüße

[illegible]

Hetzendorf 2. Dezember 1952

Anthilith die Rasende!

Heute ist Mittwoch ich schreibe laut Vorschrift und bange ob ich morgen Donnerstag den Pass bekomme. Leider bin ich statt Montag – erst am Dienstag wegen des Passes gelaufen – und das Geld steckte mir in den Adern als es hiess – nicht vor Freitag. Natürlich fühlte ich bereits den Dolch tief in meinem Herz gebohrt und hörte den Vorwurf dass ich eigentlich nichts zu tun habe – und so weiter. Dabei rayon wir mit den Vollendungsarbeiten des Zimmers der nun einmal nicht fertig werden will. Also vielleicht gelingt es mir den Pass durch Donnerstag Mittags am Deutschmeister Platz zu erjagen und so Gott will fahre ich am Freitag den 21. März zeitlich Morgens um 7.55 mit der Franz Josefsbahn über Gmünd nach Prag. Es wird gut sein wenn ich noch morgen – also Donnerstag ab Mittag wenn ich im Besitze des Reisepasses sein sollte was das Schicksal mir gnädigst bewilligen solle oder besser gesagt – möge – noch ein kurzes Telegramm aufgebe das ja hoffentlich noch am Donnerstag Abends in Prag ankommt. Ich hoffe die Lilli besorgt wie kurz das Telegramm sein wird das Anton Hanak einfliegt und wir sie eine schlaflose Nacht. Ob dieser Narr kommt oder nicht – Vorgefallen ist nichts – Alles geht normal vorwärts – nur ich nicht. Aufträge habe ich bis jetzt keine erhalten – es rührt sich nichts – und ich irre nicht wenn ich bestimmt ahne dass alle meine Denkmalprojekte endgültig begraben sind.

→ AH

Gemütlich singe oder klage ich das alte Lied und jammere meinen Kopf meine Nerven und so weiter. Besser wird nichts – nur schlechter. Die Telefondrähte singen – das Wetter ist [illegible] umgesprungen und ich schwanke wie ein Besoffener. Nervenentzündung – die letzte Entdeckung Professor Reiters klingt mir immer in den Ohren und was ich mir da wie ein [illegible] ausmale kann man sich vorstellen. Fast gebe ich mir einen Termin und wenn bis dahin nicht alles gut und in Ordnung ist geschieht was. Da höre Lili schimpfen – heulen – toben und den Satz aussprechen, Du redest wie ein Hausmeister? Einerlei – wenn ich mir einen Schluck Kognak hätte aber nichts ist da – alles ausgesoffen. Bloß Baldrian – aber das ist doch nichts. Halt eine Flasche Slivovitz ist noch da – halt – ein 25jähriger – der muss gut sein. Gleich lege ich die Feder weg und mach einen Schluck. ——— Hoa der brennt – aber vielleicht rettet er mich. Die Augen gehen mir über so stark ist er. Ich vertrag eben nichts mehr – die Auflösung beginnt

Jetzt rasch abschließen der Brief muss mit Finkel und Kirsche fort – die fahren nämlich nach Dornbach mit dem fertigen Modell der Medaille und einen Brief an den Herrn Taha und müssen auf Antwort warten weil ich morgen noch alles in der Gießerei erledigen möchte. Und da heißt ich habe nichts zu tun – und ich soll nicht rasen sondern entspannen. Wien 1.2.

Also auf Wiedersehen!
Herzliche Grüße an Grete u. Ernst
[illegible]

[illegible]!

Es ist manchmal nicht zum aushalten
die Krankheit sitzt mir fest im Genick.

Jetzt vermag ich ausserhalb des Kr-
Krankenbettes — einem alten Divan
in einem alten Fauteuil zu sitzen und
schreibe — nach Ankara — und s. w.
weil dringendes zu beantworten ist —.

Das wiederum an das Marmorbild von D.
Ich sehe Dich stets vor mir steinernes Bild
und wenn auch das Fieber Dich manch-
mal um mich kreisen ließ — wenn ein wie-
der kühliger und ich meine Augen auf-
schlagen durfte oder aufzuschlagen wagte dann stand wieder Dein Bild vor
mir.

Jetzt weiß ich wie es ins Sterben geht
und wenn ich schon ganz drüben war —
dann schien das Ende verklärt — durch
Dich.

Könnte ich Alles niederschreiben — vom
Angsthaften zittern — und ersticken
vom Verbrennen und Erfrieren — es gäbe
ein Brief wie es noch nicht geschrieben
wurde.

Der Arzt lässt mich vor Mitte oder gar
Ende nächster Woche nicht auf die
Gasse — er meint ich sei zu viel hergenom-
men und eine Periode wäre vielleicht
der Tod.

Also trösten wir uns Du und ich damit
das der Höhepunkt überwunden ist —
und fassen noch einige Tage Geduld —.

[illegible]

Mittwoch 9 Dezember 19[illegible] [illegible]

Nur langsam – ohne langsam –
Trotzdem bin ich fest entschlossen Montag
den 2. Jänner die erste Fahrt in den
Prater zu unternehmen. Im Lauf des
Vormittages – wenn nötig im Auto – aber
ein Anfang muss sein – so komme ich
nicht weiter.

Daß ich soviel mitmachen muß – gerade
in diesem Jahr. Manchmal glaube ich in
einer ganz anderen Welt zu sein – zu leben.
Alles ist so anders und sperrt in
meinem Innersten gegen meine Träume
und Wünsche. Als hätte es gar nichts
gegeben – als wäre ich nie 20 – nie 30
und 40 Jahre alt gewesen – als wäre
ich nur der Kranke der sich jetzt fürchtet
ins Freie zu treten – in die Welt hinaus
zu stürmen. Ein wenig frische Luft muss
ich endlich einatmen und ich hoffe
mit ihr kommt mein eigenes Leben wieder.
Dies ewiges Marmorbild muß ich sehen
dann – wird es wieder weit – sonnig und
farbig.

Herzlichste Neujahrsgrüße !!!
In inniger Umarmung
Dein
Saitengreifer

Lanau

Wien 29. XII. 1932

Allen beste Neujahrswünsche !

Lilli!!!
Lilli!!
Lilli!!

Lass mich nicht so schrecklich
zu Grunde gehen – hilf mir.
Hilf mir die schrecklichen Ge-
spenster verscheuchen – oder
niederringen. Du nur kannst
es – warum bist Du so eigensinnig
gierig – warum willst Du nicht ein-
sehen – dass Alles – auch anders
geändert werden kann. Warum
willst Du die hohe Stufe die Du
mit mir bestiegen – so plötzlich
preisgeben.
Siehst Du mich nicht mehr vor
Dir knien – darf ich keine Hoff-
nung mehr haben mit Dir allein
und nur mit Dir weiter zu leben.
Muss ich wirklich so elend sterben?
Hilf mir – gesund zu werden
Hilf mir Dich wieder zu finden.

Ich: mich mit erhobenen
Händen vor Dir stehen
und bitten, Hilf mir!
Hilf mir!

6. I. 1933
Wien

Hilli!!!

Heute fühle ich dass ich ein Bet
Bettler geworden bin. Ein Bett-
ler der bittend vor einer Türe
steht und auf ein Almosen
wartet.
Die ganzen Tage vor Bitte ich und
warte um die Hand die einst
so Gabenreich gewesen streckt
sich mir nicht entgegen. Das
Auge das einst so strahlend in m
mein innerstes gedrungen sieht
mich nicht mehr, weicht meinem
bittenden Auge aus.
So werde ich den Rest meines Leben
warten müssen – um endlich ir-
gendwo zusammenbrechen. Viel-
leicht vor Deiner Pforte – göttliche
Vestalin – die mir mein Herz-
zerbrechen lässt.
Was ist nur das Dich so schweigen
macht?

17. I. 1933

Lilli !!!

Es ist möglich dass Du meine letzten Briefe nicht gerne zu den anderen – den früheren legst. Es ist aber auch möglich dass Du dieselben trotzdem nicht vergessen willst. So kam mir der Zufall einer schlaflosen Nacht und lebensgefährlicher Herzzustände dieses Blatt Papier auferlegt und eine innere Stimme sagte mir: Versuch's – zu zeichnen – dein Unglück !!!

So ist diese Zeichnung entstanden und mit dem Doppelblatt kam mir die Idee – dasselbe als Briefmappe zu verwenden. Für jene Briefe die ich eigentlich nie hätte schreiben sollen.

Nun überlasse ich es Dir und Deinen Zukunftsträumen – die Briefe zu verbrennen – oder auch die Mappe mit.

Hanak

Wien 31 I 1933

✶✶✶

Das Bauwerk stürzt ein
und begräbt den armen
Baumeister der sein Leben
einem ~~Fundament~~ geopfert
das er vor dem Aufbau nicht
gründlich geprüft hat.

An Lilli Koenig.

2. XII. 1933

Viel sagen – und nicht klagen
ist die Bestimmung des armen
Bildhauers. Doch so verbittert
muss ich aufhören – sie haben
keinen Grund dazu
So sieht es nach Aussen aus –,
so hört es sich an.
Kann es noch ein Gleichgewicht
geben – in meinem Denken – Fühlen
und Leben?

Die Unsichtbare ist abgeirrt und
ich kann sie nicht finden,
ich kann nur hoffen und bitten
dass sie zurück zu mir findet,
[illegible] – vielleicht will
sie mir vorwärts – und ich
habe sie mitzurück

Hanak

15. XII. 1933

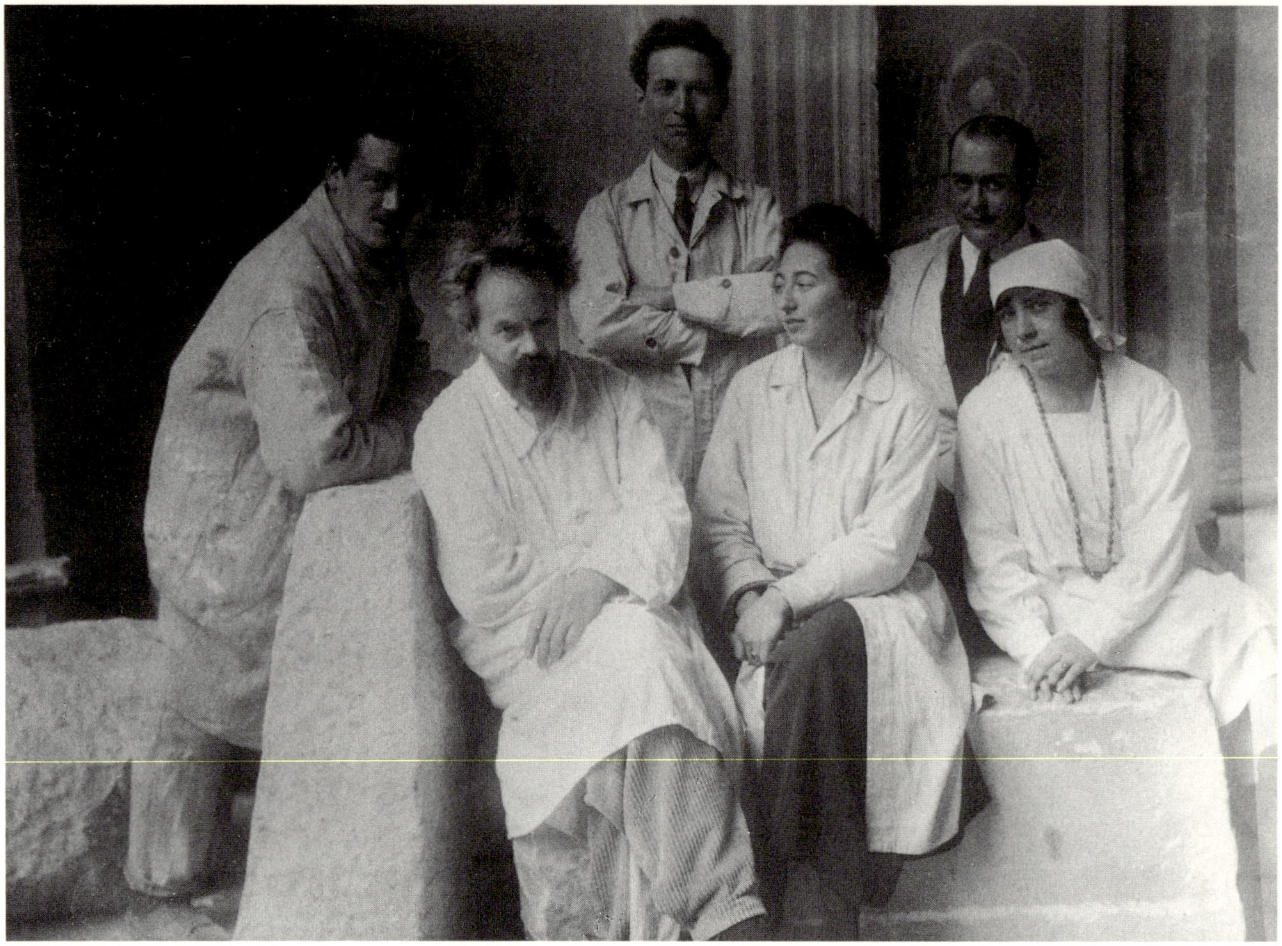

Hanak-Klasse um 1924, aufgenommen im Pavillon des Amateurs.
V. l. n. r.: Tryschel, Anton Hanak, Zimmermann, Antonio Pena, Irma Rothsteiner, S. Horowitz.

# BIOGRAPHIE

1875
Anton Alois Hanak wird am 22. März 1975 in Brünn geboren. Sein Vater, Johann Hanak, ist Zimmermaler und Vergolder. Seine Mutter, Maria Havliček, stammt aus Dvořištê bei Bystritz am Pernstein.

1877–1880
Mit eineinhalb Jahren zu den Großeltern mütterlicherseits nach Dvořištê, wo er bis zu seinem fünften Lebensjahr bleibt.

1877–1886
Übersiedlung zum Vater nach Branowitz (Vranovice).

1887
Besteht in der St. Jakobskirche zu Brünn die Aufnahme als Chorknabe. Aufnahme in das Nikolsburger Seminar.

1889
Mit vierzehn Jahren nach Wien, um hier Bildhauer zu werden. Erste Lehrstelle bei einem Holzbildhauer in der Herklotzgasse.

1893–1894
Beendigung der Lehre mit Freisprechung am 1. Mai 1893. Arbeitet zunächst beim Bildhauer Svoboda am Hundsturmplatz, dann in der Möbelfabrik Deutsch in Brünn.

1894–1895
Wanderschaft: Linz, Wels, Passau, München, Augsburg. Rückkehr nach Wien. Besuch des Abend- und Sonntagskurses für Bildhauer und Modelleure an der Staatsgewerbeschule in der Schellinggasse.

1895–1896
Sein Name taucht in der Inskriptionsliste für das Wintersemester der Wiener Staatsgewerbeschule auf.

1896–1898
Besuch des Bildhauerkurses während der Wintersemester.

1898–1902
Drei Jahre in der allgemeinen Bildhauerklasse von Prof. Edmund Hellmer, die 1901/1902 von Hans Bitterlich übernommen wird. Später wieder zu Hellmer zurück und besucht von 1902 bis 1904 dessen Spezialschule im Prater-Atelier.

1900
Heirat mit Juliane Janiczek. Geburt des Sohnes Walter. Verleihung des Neulingpreises.

1901
Übersiedlung nach Langenzersdorf. Bei einer Ausstellung der Bildhauerschule Professor Hellmers mit mehreren Werken vertreten.

1902
Drei Arbeiten bei einer Ausstellung des Künstlerbundes Hagen. Erhält den Königswarterpreis und seinen ersten Auftrag: Eine Gedenktafel für die verstorbene Königin Victoria in der Christ Church, gegenüber der Englischen Botschaft in Wien III.

1903–1904
Steinpreis für eine Marmorbüste. Für die lebensgroße „Grablegung" erhält Hanak im Juli 1904 das Schwendenwein-Stipendium.

1904–1905
Italienreise: Triest, Venedig, Padua, Bologna, Florenz, Rom, wo er ein Turmzimmer im Palazzo Venezia bezieht. Abstecher nach Neapel, Pompeji, Herculaneum und Capri. Ende Mai 1905 wieder in Wien. Bezieht ein Atelier im 4. Bezirk, Goldeggasse 9. Erstmals vertreten bei der 22. Secessionsausstellung im Jänner bis Februar 1905. Hanak zeigt den Mädchen-Halbakt „Zukunft", der ein knappes Jahr später in der Münchner Secession ausgestellt und von der bayrischen Regierung für die Glyptothek angekauft wird.

1906
Mitglied der Wiener Secession. Vollendung der Marmorbüste von Frau Mäda Primavesi. Beginn der Freundschaft mit Otto Primavesi, seinem einer Olmützer Großindustriellenfamilie entstammenden Mäzen.
Im Oktober Berufung für die Dauer von sechs Monaten an die Kunstgewerbeschule am Stubenring als Lehrer für den Meister- und Gehilfenkurs der

Bildhauer- und Modelleurbranche. Vollendung der lebensgroßen Eichenholzplastik „Der Nachtwächter" für die Villa Primavesi Olmütz.

1908
Übersiedlung vom Atelier Goldeggasse in den nördlichen Amateuerpavillon im Prater.

1908–1909
Leiter eines Kurses an der Kunstgewerbeschule in Wien.

1909
Ausschußmitglied für Bildhauerei in der Wiener Secession. Fünf Marmorplastiken, darunter „Die Ewigkeit", „Der Jüngling" und „Die Mutter", bei der 33. Secessionsausstellung.

1910
Hanak fühlt sich und seine Kunst unverstanden und tritt im Frühjahr aus der Secession aus.
Bei der „Großen Berliner Kunstausstellung" mit der Skulptur „Der Jüngling" vertreten.
Auftrag für das Druckereigebäude des Vorwärts-Verlages, Wien V, Rechte Wienzeile 97, für das Hanak die beiden Bauplastiken „Arbeiter" und „Arbeiterin" schafft. Erstehungsjahr der überlebensgroßen Plastik „Gigant".

1911
Teilnahme an der bedeutenden „Internationalen Kunstausstellung" in Rom. Josef Hoffmann erbaut den dafür bestimmten Pavillon im Sinne eines Gesamtkunstwerkes.
Hanak schafft eine repräsentative Plastik als Symbol Österreichs (Dreiergruppe: Die schöpferische Kraft). Ausstellung weiterer neun Exponate.

1912
Angeregt durch Primavesi beginnt Hanak seine Tagebücher, Briefe und Photographien zu ordnen. Neben einer Ausstellung in Amsterdam Teilnahme an der „Großen Kunstausstellung" in Dresten mit 16 Werken.
Kontakt zur „Wiener Werkstätte" und erste kleinere Aufträge.

1913
Teilnahme an Ausstellungen in Budapest, Stuttgart und München. Fünf Werke bei der 44. Secessionsausstellung, darunter „Gigant" und „Abschied". Für den gleichfalls ausgestellten Brunnen „Das Kind über dem Alltag" wird Hanak vom Professorenkollegium der Akademie der bildenden Künste der Reichel-Preis verliehen.
Mit 1. Oktober Übernahme der Professur an der Wiener Kunstgewerbeschule, Klasse für monumentale Bildhauerei.

1914
Mitarbeiter und Innenausstattung an dem von Josef Hoffmann erbauten Landhaus für Otto Primavesi in Winkelsdorf (Mähren) sowie der Villa für den Abgeordneten Robert Primavesi in der Gloriettegasse 14–16 in Wien-Hietzing.
Sandsteinplastiken „Mann und Weib" für die „Deutsche Werkbundausstellung Köln".

1915
Im April schwerer gesundheitlicher Zusammenbruch. Im Wintersemester kommt Helene (Lili) König als Schülerin zu Hanak.

1916
Beginn der Arbeit am „Fanatiker", einer überlebensgroßen Aktfigur in Gips, die in ihrer ersten Fassung 1919 beendet wird. Im Juni Bindegewebeentzündung und Operation der linken Hand.
Entstehungsjahr der Marmorskulptur „Das Mädchen" („Die junge Sphinx"), die 1920 von der Österreichischen Galerie im Belvedere angekauft wurde.

1917
Ausstellung in Stockholm. Hanak hält sich drei Wochen in Schweden auf. Lernt dort u. a. Selma Lagerlöf und Sven Hedin kennen.

1918
Schwere Erkrankung im Frühjahr. Trotzdem Arbeit an mehreren neuen Werken.

1920
Eröffnung der „Kunstschau 1920" im Museum für angewandte Kunst am Stubenring. Hanak zeigt zwölf Großplastiken.

1921
Neuerliche Beteiligung an der „Kunstschau 1921" im Kunsthaus am Karlsplatz mit Plastiken und Zeichnungen.

1922
Vernichtung des Hauses Primavesi in Winkelsdorf samt seiner wertvollen Wiener-Werkstätte-Einrichtung durch Brand.

1923
L. W. Rochowanski veröffentlicht Tagebuchaufzeichnungen Hanaks, Zeichnungen und Abbildungen ausgeführter Plastiken in dem Band „Der brennende Mensch." Übersiedlung mit der Familie von Langenzersdorf in das Pfarrstöckl im Schloß Hetzendorf.
Teilt im Oktober der Direktion der Kunstgewerbeschule mit, daß er, wegen Differenzen, mit Ende des Schuljahres von seiner Lehrtätigkeit zurücktreten werde.

1924
Mit Beginn des Wintersemesters Verlegung des Schülerateliers aus der Kunst-

gewerbeschule in gesonderte Räume des Prater-Ateliers.
Auf Einladung der „Gesellschaft zur Förderung moderner Kunst" hält Hanak im Österr. Museum einen Vortrag über das Thema „Die Stadt als Plastik".
Beginn an großen Auftragsarbeiten für die Gemeinde Wien auf Vorschlag des sozialdemokratischen Gemeinderates für das Wohlfahrtswesen Dr. Julius Tandler.

1925
Beteiligung mit mehreren Arbeiten bei der Internationalen Kunstgewerbeausstellung in Paris. Im Empfangsraum des von Josef Hoffmann entworfenen Gebäudes steht Hanaks „Brennender Mensch". Auszeichnung mit dem „Grand Prix".

1926
Ausstellung von 120 graphischen Blättern und einigen Plastiken in der Galerie Würthle.
Teilnahme an der Internationalen Kunstausstellung in Dresden.

1927
Teilnahme mit Egger-Lienz, Faistauer, Kolig, Kokoschka und anderen an der Jahresausstellung der Münchner Künstler-Genossenschaft. Ausstellung der „Gesellschaft zur Förderung moderner Kunst" im Museum am Stubenring.

1928
Enthüllung eines Grabmals zur Erinnerung an die Opfer vom 15. und 16. Juli 1927 (Brand des Justizpalastes) am Zentralfriedhof in Wien.
Unterzeichnet am 1. August ein Legat, das im Fall seines Ablebens sein Eigentum im Atelier an Helene (Lili) König, Wien, überantwortet. Juristisch ungeklärte Situation, die erst 1949 endgültig gerichtlich entschieden wird.
Am 12. November Einweihung des Denkmals am Ring. Entwurf und Kopf Viktor Adlers von Hanak.

1929
Jubiläumsausstattung von Schülerarbeiten aus Anlaß des sechzigjährigen Bestehens der Kunstgewerbeschule. Unter den vielbeachteten Arbeiten der Hanak-Klasse auch kubistische Werke.
In diesem Jahr entsteht vermutlich der Entwurf für Hanaks einzige bisher bekanntgewordene abstrakte Plastik: Das Grabmal für Emma Grünbaum in Lugoi (Rumänien).
Aufstellung der Marmorstatue „Venus Vindobonensis" im Garten der Villa Gloriettegasse 14–16 (damaliger Besitzer: Dr. Panzer).

1932
Hanaks Modell für das monumentale „Emnyet-Denkmal" in Ankara erhält die volle Zustimmung der türkischen Auftraggeber.
Abermals schwere Erkrankung während der Sommermonate.
Wird am 1. Oktober zum ordentlichen Professor für Bildhauerei an der Akademie der bildenden Künste in Wien ernannt. Bezieht mit seiner Meisterklasse das staatliche Atelier in der Böcklinstraße. Beendigung seiner Tätigkeit an der Kunstgewerbeschule.
Arbeit am „Emnyet-Denkmal" für Ankara, den Bronzefiguren der „Alten und Jungen Türkei", den großen Steinreliefs der Vorderseite des Monuments.
Im November Herzanfall. Verbringt die Weihnachtsfeiertage bei der Familie seines Sohnes Walter.

1934
Setzt trotz Krankheit und Schwäche die Arbeit in seinem Atelier fort. Erleidet am 4. Jänner einen schweren Herzanfall und wird von seinem Schüler Franz X. Wirth vom Atelier in sein Hetzendorfer Heim gebracht, wo er am 7. Jänner stirbt.
Begräbnis am 11. Jänner auf dem Hietzinger Friedhof.

Impressum

Herausgeber, Eigentümer und Verleger:
Hochschule für angewandte Kunst in Wien,
Oskar Kokoschka-Platz 2, 1010 Wien
Für den Inhalt verantwortlich: Oswald Oberhuber

Redaktion: Erika Patka, Uta Krammer
Fotos: Hochschularchiv

Druck: REMA*print*, Wien
Printed in Austria

ISBN 3-85211-034-3

Der vorliegende Katalog erscheint zur Ausstellung
des Hochschularchivs:
„Die kalligraphische Sprache von Anton Hanak“
Heiligenkreuzerhof,
Schönlaterngasse 5, 1010 Wien
12. Januar – 4. Februar 1995